リーガル・ピース！

その和解、請け負います

加藤実秋

角川文庫
24575

目次

CASE1

グレーな和解なんてあり得ない！

1

ビルの前に、表示灯に「迎車」の文字を光らせたタクシーが停まった。江見明日花（えみあすか）は、それをビル内のエレベーターホールから確認する。と、隣に立つ先輩の男性が、手にしたスマホを持ち上げた。

「一台到着したから、次にお帰りになる方に、降りて来ていただこう。上に連絡するよ」

「はい」と頷（うなず）いた明日花だが、次の瞬間、あることを思い出して言った。

「あのタクシー、ミニバンタイプですよね。でしたら、先に碧天（へきてん）不動産の嶺井（みねい）会長をご案内した方がいいと思います」

取引先の優先順位としては、別の会社を案内すべきなので、男性は怪訝（けげん）な顔をする。しかし、すぐに明日花の意図に気づいたらしく、「了解」と頷いて、スマホでメッセージを打ち始めた。

ここは東京・銀座（ぎんざ）で、明日花と男性は、中堅デベロッパー、永都（えいと）建物の社員だ。今夜、このビルの五階に店を構える小料理屋で会食が行われ、先ほどお開きになった。新入社員の明日花は、五階にいるもう一人の先輩社員と連絡を取り合い、会食に出席した人たちの見送りを手伝っている。時刻は午後九時過ぎだ。

間もなく、ホールにエレベーターの到着を告げるチャイムが流れた。明日花と男性はドアの脇に移動し、その直後にエレベーターのドアが開いた。明日花たちが会釈しつつドアが閉まらないように押さえる中、最初にエレベーターを降りたのは、小柄な四十代後半の男性。明日花たちが所属する、湾岸エリアの再開発プロジェクト事業部の部長・高部和真（たかべかずま）だ。続く五十代前半の大柄な男性は、再開発プロジェクト事業を管轄する取締役役員・岩貞光樹（いわさだこうき）。そしてその二人のアテンドで、杖（つえ）をついた八十過ぎぐらいの男性が、エレベーターからホールに進み出た。碧天不動産の嶺井会長だ。先輩の男性を含めた全員がスーツ姿で、明日花も黒いパンツスーツを着ている。

高部と岩貞の案内で、嶺井はビルを出てタクシーに乗り込んだ。走りだすタクシーを高部たちは歩道から、明日花と男性もビルの玄関の前で一礼し、見送る。それが終わると、高部は明日花たちに歩み寄って来た。

「今のタクシーに、嶺井会長をご案内してくれて助かったよ。うっかり、きみたちに会長が脚を悪くされているのを伝え忘れてしまった。セダンタイプじゃ、乗り込むのに苦労なさるなと心配してたんだ」

そう語りながら、明日花たちの顔を見る。と、先輩の男性が、「江見さんのお陰です」と明日花を指し、高部は「いつも気が利くね。これからも期待してるよ」と笑った。胸が弾み、明日花は「ありがとうございます」と頭を下げた。すると高部は、「まだ残っている方へのご挨拶を済ませたら、僕と岩貞さんは別の会食に行く……そうだ。これ、明日みんなで食べなさい。尾仲建設の、尾仲敏郎社長にいただいたんだ」と続け、両手に持っている手提げの紙袋の一つを、明日花に差し出した。礼を言って受け取ると、高部は「有名なお菓子らしいよ」と付け加え、「じゃあ、お疲れ様」と言って岩貞の方に戻った。酔いのせい、あるいは会食が無事に終わったからか、いつもよりテンションが高い。今夜の会食は、社内の再開発プロジェクトのメンバーと、取引先である碧天不動産、尾仲建設など数社から十名ほどが出席して行われた。

それから間もなく、見送りと後片付けは終わった。ほっとして、明日花は小料理屋の個室の隅で帰り支度をした。と、足元の畳の上に置いた紙袋を思い出し、手に取った。

有名なお菓子って言ってたけど、何かな。さっき褒められたことも思い出してわくわくし、明日花は紙袋を開いた。菓子折の箱が見えたが、その下にも何かある。怪訝に思い、明日花は袋の中に手を入れ、箱の下のものを摑み出した。それは一通の茶封筒で、封はされていない。何気なく覗くと、中には一万円札の束が二つ。

「えっ⁉」

思わず声を上げてしまい、近くで帰り支度をしていた先輩社員が振り返った。とっさに、明日花は「何でもないです」と返し、封筒を紙袋に突っ込んだ。そして先輩が前に向き直るのを待ち、再度封筒を取り出して中身を見た。そこには間違いなく、現金二百万円が入っていた。

2

長い話を終え、明日花は息をついた。と、机の向かいに座った男が口を開く。

「おねえさん。胃薬持ってない？　昨夜、呑みすぎた」

「……持ってませんけど。それと、私は江見明日花といいます」

脱力して返すと、男は「ああ、そうね」と呟き、スーツに包まれた自分の胃の辺りをさすった。ここは、警視庁新橋中央署の一階にある総合相談室だ。さっき聞いたところによると、男は重信零士といい、ここの刑事課の刑事らしい。

「話はわかった。江見さんはこの春、新卒で永都建物に入社して、七月中旬に銀座の小料理屋で行われた会食に出席した。で、それが終わった後、高部って部長に渡された紙袋を開けたら、菓子折の下に二百万円の札束入りの封筒が入ってた、と」

胃をさすり続けながら、重信は言った。顔色も人相も悪い中年男だが、こちらの話はちゃんと聞いていたようだ。明日花は「そうです」と頷き、重信はさらに言った。

「で、驚いた江見さんは、その晩は紙袋を家に持ち帰った。そして翌朝、部長の部屋に行って紙袋を返し、『この二百万円は、賄賂じゃありませんか？』と訊ねた。何の賄賂かっていうと、菓子の贈り主のなにがし社長が、再開発プロジェクトで、自分が経営するなんとか建設に便宜を図ってもらうためのものだ」

「なにがしになんとかって。尾仲建設の尾仲社長ですけど……はい、その通りです。でも部長は、『手違いで紛れ込んだんだろう。お金は、僕から尾仲社長に返しておくよ』と笑って答えました。だから私は引き下がったんですけど、それから十日ぐらい後に、担当していた仕事から外されたんです。直属の上司の課長に理由を訊いても、『お偉いさんに、新人を働かせ過ぎるなと言われた』と繰り返すだけで。その上」

話を続けようとした明日花だが、辛い記憶が蘇り、言葉が出て来ない。

担当を外され、それでも明日花は雑用などを見つけて何か仕事をしようとした。しかしその都度、誰かしらに「いいから休んでて」「手は足りてるから、大丈夫」と言われた。間もなく、明日花はそれが噂に聞いた、「仕事をさせない」「いない者として扱う」という嫌がらせ、パワーハラスメント、通称パワハラだと気づいた。高部に「紙袋の札束が原因ですか？」と問うても、「何のこと？」ととぼけられ、以後、事態はさらに悪化して、新入社員の仲間からも距離を取られるようになった。

こちらの様子に気づいたのか、重信は口調を少し和らげて話を続けた。

「そして九月の下旬、江見さんは会社に辞職を申し出て、ひと月後の今日、退職したと」

「ええ。自分では気づかなかったけど、軽いノイローゼになってたみたいです。食欲はないし、夜も眠れないし。このままじゃダメになると思って、退職しました。そうしたら、精神的には楽になったんですけど、パワハラの原因とか、あの札束の正体とかが気になりだして……あれ、やっぱり収賄だと思うんですよ。なら、犯罪でしょう？　だから会社を出た後、ここに来たんです」

気を取り直し、明日花は訴えた。その足元には、会社の机やロッカーから引き上げた荷物が詰まった、手提げの紙袋が置かれている。重信は「そういうことか」と呟き、丸めていた背中を伸ばした。

「収賄罪の対象になるのは公務員で、民間企業の社員が賄賂を受け取っても、違法行為にはあたらないよ」

「えっ、そうなんですか⁉」

「まあ、例外もあるけど……そもそも、証拠は？　紙袋と札束の写真は撮った？」

「いいえ。でも」

明日花が口ごもると、重信は眼差しを強め、刑事然とした口調になってさらに問うた。

「いま俺に話したことを、他の人にも伝えた？　部長とは別の上司や同期の仲間、社内に相談窓口もあっただろ」

「伝えてません。会社に訴えても、高部部長の方を信じるだろうと思って。警察なら、調べられますよね？」

「証拠がなきゃ、調べられないよ。パワハラの原因が札束かどうかも、定かじゃないし」

「そんな……でも、この目で見たんです。私はウソはついてないし、間違ったことも言ってません。信じて下さい！」

身を乗り出し、必死で訴える。重信は何か返そうとしてやめ、口調を言い含めるようなものに変えてこう告げた。

「あのね、警察には『民事不介入』って原則があるんだよ。職場の揉め事にご近所トラブル、夫婦や親子ゲンカ、お金のゴタゴタまで、刑罰法令に該当しない、民事の紛争には口出ししちゃダメ、ノータッチってルールだ。今の江見さんの話もこれに当たるから、警察は何もできない」

とたんに、明日花は突き放されたような気持ちになった。これからどうしようという思いに駆られ、気づくと俯いていた。ふう、と向かいで重信がため息をついた。

「仕方がねえな」と呟く声もして、ごそごそという気配が続いた。

「ほら」

顔を上げた明日花の目に、重信のごつい指と、その先に挟まれた名刺サイズのカードが映る。

「ここに行ってみたら？」

やれやれといった調子で重信が言い、明日花はカードを受け取った。そこには、こう書かれていた。

「そのトラブル、お任せ下さい！　和解センターノーサイド」

3

足を止め、明日花は向かいの建物を見た。小さなビルで、薄茶色のレンガ張りの外壁が、手前にせり出すように緩やかな曲線を描いている。そこには大きな窓と石造りの柱が並び、柱のいくつかには、花や蔓の彫刻が施されていた。築百年近いはずだ。幹線道路沿いの角地で、周囲は無機質な高層ビルばかりという立地と相まって、そのクラシカルな佇まいは目を引く。

重信にカードを渡されて間もなく、明日花は新橋中央署を出た。カードの文言はいかにも胡散臭く、家に帰ろうと思ったが、ついそこに記された場所に来てしまった。

ここで間違いなさそうだけど。心の中で呟き、視線を巡らせた拍子に、ビルの一階の窓ガラスに映る自分に気づいた。白いカットソーに、明るい青のワイドパンツと、色使いは明るいのに、気持ちは暗い。ショートボブの髪もパサつき、卵形の顔はやつれ気味だ。

なんでこんなことに。そう思ったとたんに気が沈み、手に提げた紙袋が重たく感じられた。しかし思い直し、窓ガラスの中の自分に言う。

「大丈夫。私は間違ってない」

そして歩を進め、ビルの正面に廻った。木製のドアがあり、その上の壁には、緑青を吹いた銅の切り文字で、「ニュー東京ビルヂング」と、記されていた。大きく重たいドアを開け、明日花はビルに入った。

そこは広々とした空間で、壁と天井は白漆喰、床には白黒モザイクの細かなタイルが張られていた。あちこちに、大きさもデザインも違う木製のテーブルと椅子、布張りのソファが置かれ、左側の壁の中央には、両側に手すりの付いた階段もあった。右側の通りに面した窓は、一面ガラス張りだ。

ふと気配を感じて視線を動かすと、いくつかのテーブルには、数人の男女がそれぞ

れ着いていて、スマホやタブレット端末を手にこちらを見ている。その食い入るような眼差しに、明日花が戸惑いを覚えた直後、

「こんにちは。何かご用ですか？」

と声をかけられた。ドアの横の壁際にバーカウンターがあり、そこに並んだスツールの一つに、年配の男性が腰かけている。

「はい。ここに行きたいんですけど」

そう答え、明日花は重信にもらったカードを差し出した。すると年配の男性はスツールを下り、こちらに歩み寄って来た。ベージュの作業服の上下を着ているので、この管理人か。古い木製のカウンターの上には、参考書らしき本とノートが広げられていた。

「それはそれは」

カードを一瞥（いちべつ）した年配の男性は朗らかに言い、明日花を「どうぞ、こちらへ」と促して歩きだした。そして階段の前まで行き、

「四階にお上がり下さい」

と告げた。「はい」と返して階段を上がりかけた明日花だが、足を止めて周囲を眺めた。

「あの、エレベーターは？」

「ありません」

そう即答され、明日花は絶句する。ビルの古さを考えればあり得るが、ここは四階建て。つまり、目的地は最上階だ。しかし、にこにこと自分を見ている年配の男性の手前、行くしかない。「どうも」と会釈し、明日花は階段を上り始めた。それは大理石づくりで、手すりは鉄製。手すり子の数ヵ所には、外壁の柱の彫刻に似た、花と蔓の飾りが付いている。

手に紙袋を提げ、肩にもトートバッグをかけているので、二階を過ぎると息が切れ、汗も滲んだ。それでも途中の踊り場で呼吸を整え、四階まで上がって階段からフロアに出た。そこは中央に大理石の廊下が延び、左右にアーチ形の木製のドアが並んでいる。しんとして、他に人気はない。

廊下の中ほどに、目当てのドアを見つけた。目の高さにある窓の曇りガラスに、白い文字で「和解センターノーサイド」と書かれている。明日花は息をつき、身なりを整えてからドアをノックした。

「どうぞ」

室内からくぐもった男性の声が聞こえ、明日花は真鍮のノブを摑んでドアを開けた。

広くはないが、明るい部屋だった。その明るさの理由は、緩やかな曲線を描く壁に並んだ窓。日射しがさんさんと降り注ぎ、窓際の机と椅子を照らしている。そして、その机には、一人の男性が着いていた。

「新橋中央署の、重信って刑事さんの紹介で来ました」

カードを見せて明日花が告げると、男性は「そうですか」と言い、立ち上がった。

中肉中背で、彫りの深い個性的な顔立ちをしている。

机の脇から進み出て来た男性は、仕草で明日花に部屋の中央に置かれたソファセットを勧めた。明日花がグレーの布張りのソファに座り、足元に荷物を下ろすのを待ち、訊ねる。

「飲み物は、何がいいですか？ すぐにお出しできるのは麦茶ですが、コーヒーもおいしいですよ。ああでも、紅茶も――」

「麦茶をお願いします」

間髪いれずに明日花が返すと、男性は頷いて部屋を出て行った。階段の脇に、給湯室とトイレがあった気がする。一人残され、明日花は室内を見回した。

窓際の机は重厚な木製なのに、その上には書類やファイルが散乱している。さらに壁際には段ボール箱が積まれ、棚に収められた本や封筒は、倒れたり、上下が逆さまになったりしている。その有様に明日花がもやもやしていると、男性が戻って来た。手にしたお盆から麦茶の入ったグラスを取り、明日花の前に置く。続けてソファの脇に立ち、お盆をローテーブルに載せて名刺を差し出した。

「弁護士の津原元基と申します。あなたのお名前は？」

「江見明日花です」

　そう名乗り、明日花が名刺を受け取ると、津原は向かいのソファに座った。そして、

「では、江見さん」と呼びかけ、こう続けた。

「お困りでしたら、何なりと」

　話を聞かせて欲しいってこと？　戸惑い、明日花は津原を見返した。歳は四十代半ばだろうか。ベージュのジャケットの左胸には、ドラマや映画でお馴染みの弁護士バッジを付けているが、そのジャケットはノーカラーのカジュアルなもので、インナーも白いカットソー。加えて、終始薄く微笑んでいるのが気になる。でも、刑事さんの紹介で来たと伝えたし、と心を決め、明日花は口を開いた。

　今日二度目なので、より簡潔にわかりやすく、これまでのいきさつを話せた。今度こそと願いながら、明日花は「以上です」と締めくくった。すると、津原は応えた。

「それは大変でしたね。紛れもなく、パワハラですよ」

　おっとりとした口調だが、眉根を寄せ、心から同情しているという様子だ。ほっとしてテンションも上がり、明日花は訴えた。

「よかった……高部部長のしたことを告発して、二百万円の札束の件も明らかにしてもらえますか？　訴訟を起こしても構いません」

　しかし津原は、「う〜ん」と首を傾げた。戸惑う明日花に、語りだす。

「民事訴訟には、いくつかの種類があります。まず、通常訴訟。個人間の法的な紛争の解決を求めるもので、江見さんがイメージされているのもこれだと思います。次に、民事訴訟法の特別な規定に従い、手形・小切手金の支払を求める、手形小切手訴訟。続いて、六十万円以下の金銭の支払いを求める少額訴訟。他に、人事訴訟、行政訴訟もありますね」

「はあ」

　淡々と語られ、つい聞き入ってしまう。津原は「一方で」と続け、さらに語った。

「民事上のトラブルを、訴訟はせずに解決しようというのが、裁判外紛争解決手続。代替的を意味するAlternative、紛争という意味のDispute、解決を示すResolutionの頭文字を取って、『ADR』と呼ばれ、助言、調停、仲裁などさまざまな種類があります。ここ、『和解センターノーサイド』はADRの専門機関で、第三者であるあっせん人の仲介で当事者同士が話し合う、『和解あっせん』という方法でトラブルの解決を図ります」

　話の内容は、するすると頭に入ってきた。が、それが逆に胡散臭さを感じさせ、明日花は質問を繰り返した。

「いろんな方法があるっていうのは、わかったんですけど……結局、パワハラと賄賂の件の真相を明らかにして責任を取ってもらうって、できるんですか？　それとも、難しいってことですか？」

「どうかなあ。難しいんじゃないかなあ」

そう答えて津原はさらに首を捻り、明日花は迷わず問うた。

「どうしてですか？」

「僕の仕事は、責任を取らせたり、罰を受けさせたりせずに事件を解決することなんですよ」

「でも、津原さんは弁護士なんですよね？　だったら」

訳がわからなくなって言いかけた直後、明日花のお腹がぐう、と鳴った。慌てて手のひらでみぞおちを押さえたが、その音は天井の高い部屋に響く。このところ食欲がなく、今日も朝から何も食べていない。時刻は午前十一時過ぎだ。

とっさに向かいを見ると、津原はノーリアクション。しかし、また薄く微笑んでいる。無性に恥ずかしくなり、明日花は席を立った。そして荷物を鷲摑みにすると、「お邪魔しました」と告げてその場を離れた。後ろで津原が何か言うのが聞こえたが、構わずドアに駆け寄って部屋を出た。

4

引き戸を開け、明日花は店に入った。ランチ営業中の居酒屋で、等間隔で並んだ木製のテーブルには、会社の昼休みらしき男女が着いている。レジカウンターの前で視線を巡らせると、奥のテーブルに目当ての顔を見つけた。

「玲菜」

明日花の呼びかけに、スマホを弄っていた小森玲菜が顔を上げる。その向かいの席に歩み寄り、明日花は言った。

「急に呼び出して、ごめんね」

「大丈夫。いま、ヒマだから」

そう返し、玲菜は笑った。小柄で、ややぽっちゃりした体をブラウスとスカートに包み、首から写真付きのIDカードを提げている。同じ職場の人がいるかもしれないのに、ヒマとか言っちゃっていいの？　不安がよぎり、明日花は周りを見たが、玲菜は「なに食べる？」とテーブルの上のメニューを眺めだした。

新橋のビルを出た後、電車でこの街に戻った。東京都の南西部に位置する区にある、明日花の地元だ。移動の途中、スマホで幼なじみの親友・玲菜に連絡し、ランチに誘った。玲菜は、この店の近くにある区役所で働いている。

店員を呼び、明日花はマグロの漬け丼、玲菜は焼き魚定食を注文した。会社を辞めたことはスマホで報せたので、明日花はその後の出来事を伝えた。話を聞き終えた玲菜は「ふうん」と呟き、笑顔でこう告げた。

「とにかく、食欲が戻って何より。それだけでも、会社を辞めてよかったんじゃない？」

「何それ」

脱力した明日花だが、話の途中で運ばれて来たマグロの漬け丼は既に平らげ、今は付け合わせのガリを齧っている。まだ半分近く残っている焼き魚定食を食べながら、玲菜はさらに言った。

「だけど、警察の人が言った民事不介入の原則は本当だよ。弁護士さんが話した、民事事件の手続とかＡＤＲも同じ」

「警察はともかく、あの津原って弁護士はインチキだと思ったんだけど、違うの？　よくいるじゃない、困ってる人につけ込んで、お金を巻き上げようとするやつ」

すると玲菜は首を横に振り、答えた。

「違うよ。ＡＤＲは、民事のトラブルを裁判じゃなく、当事者の話し合いや、第三者の判断で解決しようっていう手続。民間だと弁護士会とか、医療や金融みたいにトラブルが起きやすい業界の団体が運営してるところが多いかな。個人の事業者もいて、弁護士や司法書士が、専門委員っていう、トラブルの内容に沿ったプロの力を借りて解決にあたるってパターンが多いみたい。研修で、区民の相談窓口にいたことがあるから知ってるの」

のんびりマイペースで、いわゆる天然の玲菜だが、頭はよく物知りだ。その玲菜が言うのだから間違いはないはずだが釈然とせず、明日花は「ふうん」とだけ返した。

「気持ちはわかるけど、部長を訴えたり、札束が賄賂だって証明したりするのは難しいと思う。津原って弁護士さんの言う通り、裁判以外の方法を考えた方がいいよ」

「え〜っ」

眉根を寄せ、明日花は声を上げた。新橋のビルでの出来事を思い出し、恥ずかしさが蘇る。と、玲菜は割り箸を置いてスマホを取った。

「まあまあ。これでも見て、スカッとして」

その言葉と一緒に突き出されたスマホの画面には、動画が表示されていた。ロープに囲まれたリングの上で、二人の若い男が闘っている。どちらも東南アジア系の外国人で、グローブをはめた手でパンチ、裸足の脚でキックを繰り出す。

「これ、キックボクシング？」

「違う、ムエタイ……こっちの人、カッコよくない？　次期チャンピオンって言われてる選手なの。五人きょうだいの長男で、本人も子どもが四人いるんだって」

興奮気味に語り、玲菜は手を伸ばして男の一人を指した。確かに精悍な顔つきで筋骨隆々だが、もう一人の男も似たような容貌で、明日花は返事に困る。

キャラクターとはギャップがあるが、玲菜は昔から格闘技のファンだ。ただし、熱中している競技と選手はころころと変わり、その都度、明日花に報せてくる。

ふと、画面の端の時刻が目に入り、明日花は言った。

「玲菜。もう、十二時四十五分だよ」

「大変。急がなきゃ」

慌てた様子で答え、玲菜はスマホを引っ込めた。席を立つのかと思いきや、割り箸を取り、食事を再開する。面食らった明日花だが、こういう時でもしっかり完食し、仕事が始まる午後一時までには職場に戻ってしまうのが玲菜だ。そんな彼女に苦笑しつつも頼もしさを覚え、明日花は「先に会計を済ませちゃうね」と告げて伝票を摑んだ。

5

「Juliana's Tokyo!」

玄関に入るなり、男の雄叫びが聞こえた。ぎょっとした明日花の耳に、続いて流れだした歓声と、ハイテンポなテクノ音楽が届く。

またか。うんざりして、明日花はスニーカーやサンダルが並ぶ三和土の隅でパンプスを脱いだ。

冒頭にジョン・ロビンソンのこのかけ声が流れて、一曲目がこれってことは、ジュリアナ東京の「～THE BEST 20～」ってコンピレーションアルバムだな。玄関から上がり、スリッパを履きながら察するのと同時に、そんな自分が情けなくなった。ジュリアナ東京は、かつて東京・芝浦に所在したディスコで、一九九〇年代のバブル末期に一世を風靡した。その花形DJだったのが、ジョン・ロビンソンだ。

玄関の先の廊下を歩き、奥のドアを開けた。大音量で流れるテクノ音楽に眉をひそめながら部屋を進む。十二畳のリビングダイニングキッチンで、手前のキッチンの先にダイニングセットが置かれ、その奥にある掃き出し窓の前には、白い革張りのソファと、ガラス製のローテーブルが並んでいる。明日花はソファの手前で立ち止まり、フローリングの床に荷物を下ろして眼前の光景を眺めた。

ソファの脇には若い男が立ち、胸に古いCDラジカセを抱えていた。音楽の発生源はそれで、男はリズムに合わせて体を揺らしている。そしてソファの上では、中年の男女がダンスの真っ最中。二人とも、片手に持った団扇を頭の上でひらひらと振り、音楽に「フゥ～！」「ソレソレ～」と、合いの手を入れながら、腰をくねらせている。

「ただいま」

声をかけたが、三人は気づかない。うんざりし、明日花は若い男の隣に行ってCDラジカセの停止ボタンを押した。ぶつりと音楽が途切れ、動きを止めた三人が明日花を見る。

「お帰り」

「お疲れ」

まず、ソファの上の男女が反応した。女は明日花の母・茉子（まこ）、五十二歳。小柄で、顔も小作りだ。一方、男は明日花の父・亮太（りょうた）、五十五歳で、こちらも小柄だが、派手な目鼻立ちだ。ソファから下りる二人に、明日花は訊（たず）ねた。

「何してるの。仕事は？」

「お母さんは、今日は在宅ワークなの。投稿用の写真の撮影とか、打ち合わせとかね」

「お父さんは……ほら、あれだ。次の作品への充電期間ってやつだな」

しれっと答えた二人だが、明日花の胸には不信感が湧く。茉子の肩書きは美容系インフルエンサーで、亮太はマルチクリエイターを名乗っている。

「それがなんで、ジュリアナごっこになっちゃうの？　いつも言ってるけど、うちは音楽とかテレビとか、音が大きすぎ。近所迷惑でしょ」

「ごめんね。つい昔の血が騒いじゃって。見て、これ。ジュリ扇の代わり」

そう言って、茉子は手にした団扇を突き出した。ジュリ扇とは「ジュリアナ扇子」の略で、地紙の部分に派手な色使いの羽根が付いている。バブル時代のディスコでは、これを持った女性がフロアに備えられたステージ、通称「お立ち台」に乗って踊っていたそうだ。そんな茉子の今日のファッションは、今どきどこで買ったのか、分厚い肩パッドの入った白いブラウスに黒いパンツだ。

「お母さんは、ディスコクィーンだったからな。激マブで目立ちまくってたし」

なぜか自慢げに、亮太も言う。激マブとはバブル期に使われた言葉で、ものすごくかわいいという意味らしい。亮太はシンプルなポロシャツにジーンズ姿だが、こんがりと日焼けし、ポロシャツの襟をぴんと立てている。

「お父さん、クィーンは言い過ぎ。激マブは本当だけど」と茉子が訂正し、亮太は「そりゃ、めんごめんご」と謝って、一緒にけたけたと笑う。明日花が二人を横目でにらんでいると、CDラジカセを抱えた男が振り返った。

「俺が、母さんたちに頼んだんだよ。次に来そうなトレンドを閃いちゃってさ」

すらりとした体を、人気ストリートブランドのロゴが入ったスウェットの上下に包んだこの男は、明日花の兄の万太郎、二十六歳だ。「何を閃いたか、知りたい？」と問うた万太郎は、明日花の返事を待たずに語りだした。

「俺の予想では、次にくるのは『シルバーお立ち台』。近ごろ、九〇年代にディスコで遊んでた人たちをターゲットにしたイベントが、人気なんだよ。だから、手すりとかリフトとか付けて、いま五十代の人が高齢者になっても、安心して踊れるお立ち台をつくれば、売れると思うんだ。母さんたちは、ど真ん中世代だろ？　だからリサーチとして、当時の踊りを見せてもらってたんだ」

目鼻立ちの整った顔を輝かせ、万太郎は語った。一方、明日花の頭には『次』って言うけど、いま五十代の人が高齢者になるには、そこそこ時間がかかると思うんだけど。それに、手すりやリフトを使ってまでお立ち台で踊りたい人って、どれだけいるの？」という突っ込みが浮かんだが、面倒臭いので口には出さない。

万太郎の職業はフリーのトレンドスポッターで、前に明日花がネットで検索したところ、時代の変化を読み、流行（はやり）を予測する仕事らしい。しかし、その予測が企業などに採用されたという話は、聞いたことがない。

茉子と亮太は、明るくてノリもいいものの、言動の端々にバブル臭が漂う。二十三歳の明日花が当時の流行や風俗に詳しいのは、その影響だ。そして、万太郎はイケメンだが、何かと的外れ。加えて、その三人は横文字の、よくわからない職業を名乗り、ちゃんと働いているのかどうか定かではない。結果、明日花は幼い頃から家族のフォローに廻（まわ）ることが多く、それは今も続いている。

「ところで、明日花。それはどうしたの？」

ふいに万太郎が話を変え、明日花の足元に置かれた、永都建物の社名入り紙袋を指した。茉子と亮太の目もそちらに向き、明日花は「来たか」と覚悟して答えた。

「会社に置いてあった私物。実は私、永都建物を辞めたの」

部屋に沈黙が流れ、明日花が事情説明を始めようとした矢先、万太郎が言った。

「なあんだ」

驚き、「えっ？」と返した明日花に、万太郎はこう続けた。

「お菓子かと思ったのに。明日花はときどき、『会社でもらった』って、レアもののガレットとかバウムクーヘンとかを持って帰って来たから」

「ひとが仕事を辞めたっていうのに、お菓子？　ひどい……そもそも、平日の真っ昼間に帰って来た時点で、おかしいでしょ。お母さんとお父さんは、そう思わなかったの？」

「もちろん思ったわよ。でも、あなたは昔から切り替えが早くて、違うなと感じたことはすぐにやめてたでしょ？　ほら、幼稚園の時にバレエスクールに入ったけどすぐにやめて、『あっちの方がいい』って、同じビルでやってたそろばん教室に入り直したじゃない」

「まあ、そうだけど」

「ね？　それと同じよ。会社なら、お母さんも一度、辞めたことがあるし」

茉子が意味不明の言い訳で話をまとめ、それに亮太も乗っかる。

「しばらく、のんびりするといいよ……ちなみに、お父さんは二度、会社を辞めてる」

最後のワンフレーズは胸を張って言い、「二度」とピースサインを掛けたつもりか、右手の人差し指と中指を立てて見せる。すかさず、万太郎も続いた。

「俺は一度も就職したことないけど、バイトを三日でクビになったことがある」

「そういう話をしてるんじゃないでしょ」

抗議した明日花だが、脱力して言葉に力が入らない。

なんでこんなことに。午前中と同じ疑問が浮かび、やるせなくなる。あの時、部長に渡された紙袋の中身を見なければ。あるいは、札束に気づかなかったふりをしていれば……ううん。私は間違ってない。自分で自分に言い聞かせたが、迷いは消えず、不安も湧いた。

「疲れたから、寝る。起こさないでね」

家族にそう告げて荷物を持ち、明日花は部屋を出て自室に向かった。

6

　翌朝。明日花は、和解センターノーサイドを再訪した。一晩考え、裁判ではなく和解あっせん手続というかたちでもいいから、真相を明らかにしたいと思ったのだ。

　明日花が昨日の非礼を詫び、決意を伝えたところ、津原元基は「わかりました」と応え、今後の流れをざっと説明して、一枚の書類を差し出した。それは和解あっせん申立書というもので、明日花は住所氏名の他、中立の理由や紛争の内容などを書き込んだ。さらに津原の助言を受けながら、和解にあたっての条件は、紙袋の二百万円と自身に対するパワハラの事実関係の確認と謝罪、慰謝料として五十万円の支払いだとも記した。完成した中立書を受け取った津原は、「後ほど、連絡します」と告げ、明日花と一緒に事務所を出た。そしてその間ずっと、彼は昨日と同じ薄い笑みを浮かべていた。

　津原が階段を駆け下りて行ってしまったので、明日花は一人で一階に戻った。時刻は午前十時過ぎだ。フロアを抜け、出入口のドアに向かおうとした時、

「よう」

　と声をかけられた。立ち止まって横を向いた明日花の目と、傍らに並んだテーブルの一つに着いた男性の目が合う。昨日、ここに来た時も見かけた人だなと思いつつ、明日花は「どうも」と会釈をした。

「あんた、津原さんとこのお客だろ？　他のテーブルにも、いくつかの人影がある。お茶でも飲んで行きなよ」

　そう言って、男性は部屋の奥に置かれた、楕円形の大きなテーブルを指した。明日花は「いえ。このあと予定が」と返そうとしたが、男性に背中を押され、テーブルに向かってしまう。仕方なく、明日花が椅子を引いてテーブルに着くと、男性は問うた。

「何を飲む？　ここ、このビルのロビー兼ラウンジなんだ。向こうのカウンターで、大抵のものは淹れられるぜ。コーヒーに紅茶、あとは、緑茶かウーロン茶もあった気が」

「緑茶とウーロン茶。あるのはどっちですか？」

　そう切り返した明日花に、男性はきょとんとする。ライトブラウンのツーブロックヘアに、オーバーサイズの白いジャージという格好で、両手の指と左の耳たぶに、シルバーのごつい指輪とピアスを装着している。すると、

「緑茶ですね」

　と、別の声が答えた。声の方へ顔を向けると、ドアの前に人影があった。こちらも昨日ここで会った、管理人らしき年配の男性だ。昨日同様ベージュの作業服姿で、ビルの外の掃除をしていたのか、手にほうきとちり取りを持っている。明日花はまずツーブロックヘアの男性に、「緑茶をお願いします」と答え、年配の男性には、「昨日は、ありがとうございました」と会釈した。

「いえいえ。お茶は私が淹れますよ。ちょうど、一休みしようと思っていたところで

す」

明日花とツーブロックヘアの男性ににこやかに告げ、年配の男性は手にしたものをドアの脇に置いて、バーカウンターに向かった。「ありがと」と返し、ツーブロックヘアの男性は、当たり前のように明日花の隣に座った。そして、

「てな訳で、弁理士の戸嶋光聖です。よろしく。ちなみに二十八歳、独身な」

と、「ら行」を巻き舌で言い、人差し指と中指の間に挟んだ名刺を明日花に渡した。それは真っ黒で、左上に金色の墨文字で「戸嶋特許事務所」と書かれ、中央に楷書で「弁理士　戸嶋光聖」とあった。その下に記された住所は、このビルの二〇二号室だ。

「弁理士？」

「そう。発明やデザイン、商標等の権利を、依頼人に代わって特許庁に出願したり、トラブルが起きた時は、その対応もしたりする。つまり、知的財産権のスペシャリストだな」

「なるほど」

明日花が相づちを打つと、戸嶋はさらに続けた。

「実は俺、元ヤンキーでさ。ガキの頃は酒、煙草、バイクにケンカ三昧。でもハンパやってらんねえし、猛勉強の末、国家試験に合格して開業したんだ」

遠い目でそう語ったかと思いきや、「これ、弁理士の徽章。俺は代紋って呼んじゃ

ったりしてるんだけど」と訴え、ジャージの左胸を引っ張って見せた。そこには、弁護士のものに似たデザインの金色のバッジが取り付けられている。

「はあ」

確かに、見た目と話し方はいかつい。でもステレオタイプというか、ドラマやマンガに出て来るヤンキーそのままという感じだ。さらに小柄で童顔だからか、戸嶋からは、迫力や威圧感といったものは伝わってこない。明日花がそう感じた直後、

「なに言ってんのよ」

と声がした。戸嶋が着いていたのとは別のテーブルから女性が立ち上がり、ヒールの音を響かせながら近づいて来る。シャープな顔立ちの美人で、長い髪を肩に垂らしている。この人も、昨日ここで会ったな。そう思い、明日花は黒いパンツスーツをきりりと着こなした女性を見上げた。彼女も明日花を見て、言う。

「いまの話、真に受けちゃダメよ。戸嶋くんのは、ただのキャラ設定、ビジネスヤンキー。開業して間もないから、ちょっとでも目立って仕事を取ろうって魂胆なの」

「へえ」

戸惑いつつ、明日花はそういうことかと思う。美女は椅子を引き、戸嶋とは反対側の、明日花の隣に座った。眉根を寄せ、戸嶋が騒ぐ。

「紅林さん、営業妨害はやめてよ。俺はビジネスヤンキーじゃねえし。偏差値三十五

の、東京中のワルが集まる高校出身だし」

「入試の時に発熱して、そこしか受からなかっただけでしょ。在校中は、いじめられないように周りに合わせてただけで、大学はしっかり慶應に入ってるじゃない。いまだに世田谷の実家暮らしで、家族と和気藹々。そのピアスだって、子ども用のシールのやつだし」

そう応戦し、紅林というらしい美女は鼻を鳴らした。

「えっ。そうなんですか？」

思わず明日花は問い、戸嶋はうろたえた様子で手を上げ、左の耳たぶを隠した。と、着信音が流れだし、戸嶋はジャージのポケットからスマホを出した。そして画面を見るなり、明日花に「ちょっとごめん」と告げて立ち上がった。

「ママ？　いま仕事中なんだけど——え？　クロワッサン？　わかった、買って帰るから」

スマホを耳に当て、困り顔でやり取りしながらテーブルを離れる。それを啞然と見ている明日花に、紅林が「ね？」と笑いかけた。と、思いきや表情を引き締め、言う。

「挨拶がまだだったわね。私は紅林千草。臨床心理士をやってて、ここの三階で開業してるの」

「江見明日花といいます……臨床心理士さんっていうと、カウンセリングとかしてるんですか？」

「そう。話したいことがあったら、いつでも来て。津原さんの依頼者なんでしょ？ これから、大変だと思うから」

「そうなんですか？ あの、津原さんってどんな方ですか？」

チャンスだと、明日花は問いかけた。戸嶋は電話中で、年配の男性はカウンターの中でお茶を淹れている。と、紅林が明日花をじっと見た。気の強そうな大きな目と、小さな口。メイクも上手いが、歳は三十代半ばか。

「そう見えないかもしれないけど、やり手よ。『和解の達人』って呼ばれてるぐらいだし」

「達人？ ふうん」

そう呟いた明日花に、紅林はいたずらっぽく笑って訊ねた。

「それより、明日花ちゃんって、曖昧なことが嫌いで、何でもはっきりしないと気が済まない性格でしょ？ さっきの、緑茶がどうのって戸嶋くんとのやり取りを聞いて、ピンときちゃった」

気まずくなった明日花だが、大当たりなので「はい」と頷くしかない。万事いい加減な家族の中で育った反動か、いつしか明日花は「私だけはしっかり、白黒はっきり」をモットーにするようになった。

「すごいですね。お仕事柄、わかるんですか？」

「まあね。でも、明日花ちゃんはわかりやすすぎ。服装にも表れてるし」

即答し、紅林は明日花が身につけたものに目を向けた。今日は、黒いジャケットに白いカットソー、赤いスカート。つい、はっきりした色を選んでしまいがちだ。

「俺も仕事柄、いろいろわかるぞ」

低くぼそりとした声がして、明日花は「わっ」と声を漏らす。いつの間に来たのか、後ろに太った中年男性がいた。彼も、昨日ここで見かけた。動じる様子もなく、紅林は「あら」と言って中年男性を明日花に紹介した。

「諏訪部英心さん。一級建築士で、二階の戸嶋くんの事務所の隣に、アトリエを構えてるの……彼女は、江見明日花ちゃん」

「ど、どうも」

たじろぎながら挨拶する明日花を、諏訪部が据わった小さな目で見つめる。セミロングの髪を頭の後ろで小さなポニーテールに結い、スタンドカラーの黒いシャツとスラックスを身につけている。明日花を見つめたまま、諏訪部は言った。

「お前の家、ガラスブロックをはめ殺しにした窓があるな？　で、リビングルームにフラミンゴの形をしたライトを置いてる」

「いいえ。うちは普通のマンションで」と返しかけた明日花だが、自宅の窓の一つがガラスブロックのはめ殺しだと気づいた。加えて、リビングルームにフラミンゴの形をしたライトはないが、瀬戸物でできた、大きなヒョウの置物があるのにも気づく。江見家には他にも、イルカのリトグラフ、音に反応して動く花の形をしたおもちゃ等々、茉子と亮太が買い集めたバブル臭漂うアイテムが並んでいる。

「中らずと雖も遠からずって感じか」と呟き、諏訪部は低く笑った。つい身を引いた明日花だが、閃くものがあり、諏訪部と紅林、まだ電話中の戸嶋を見て問うた。

「建築士、臨床心理士、弁理士。弁護士の津原さんも含めて、みなさん、士が付く仕事、いわゆる士業なんですね」

「そう。このニュー東京ビルヂングのテナントは、士業従事者が多いの。私たち以外にも、いろいろいるわよ……ちなみに、あそこの清宮隆一郎さんも同じ。ここの管理人で、ビル管理士の資格保持者。でも司法試験の合格を目指してて、勉強中」

そう紅林が説明した時、清宮がカウンターから出て来た。湯飲み茶碗が載ったお盆を手に、テーブルに歩み寄る。

「ほんのヒマ潰し、年寄りの手習いですよ」

そう自嘲し、清宮は明日花の前に湯気の立つお茶を置いた。気づけば、今日もカウンターの上には、参考書らしき本とノートが載っている。礼を言い、明日花は湯飲み茶碗を口に運んだ。

新橋って場所柄、士業従事者が多いのはわかる。でもこのビルの人って、津原さんを含め、なんか変。胸騒ぎがしたが、お茶はほんのりと甘みがあり、香りもよかった。

思わず「おいしい」と言うと、清宮は無言で微笑み、カウンターに戻って行った。

7

その三十分後。津原元基は喫茶店にいた。新橋のオフィス街にあり、歴史を感じさせる店内の天井にはシャンデリアが輝き、椅子は赤いベルベット張り。客は中高年ばかりだ。

テーブルの上に開いたメニューを眺める津原に、店員の中年男性が歩み寄って来た。

「ご注文は、お決まりですか？」

「コーヒーというところまでは。その先が、なかなか」

メニューに目を落としたまま、深刻な顔で答える。ここはコーヒー専門店らしく、メニューには十種類ほどの銘柄が並んでいる。店員の男性が言った。

「酸味が強いものがお好みでしたら、キリマンジャロ。苦みをお求めでしたら、マンデリン。バランスがほどよいのは、サントスですね」

「なるほど」

相づちを打った津原だが、その説明で情報が増し、さらに迷う。「う〜ん」と唸(うな)って腕組みした直後、店のドアが開いた。入って来たのは茶色のスーツを着た、小柄な中年男。津原が立ち上がって会釈すると、小柄な男は店内に視線を巡らせ、通路を近づいて来た。気を利かせ、店員の男性はテーブルを離れようとした。が、小柄な男はメニューも見ずに、

「ブレンド。ホットで」

と告げ、津原の向かいに座った。その迷いのなさにつられ、津原は「同じものを」と言ってしまう。店員の男性が立ち去り、津原は小柄な男に向き直った。

「永都建物の高部和真さんですね？」

「ええ。そちらは弁護士の……津原さんでしたっけ？」「はい」と頷き、津原は名刺を差し出した。

そう問い返し、高部は目を動かして津原を見た。「はい」と頷き、津原は名刺を差し出した。それを受け取った高部は、怪訝(けげん)な顔をする。

「和解センター？　江見さんのことで、話があるんですよね」

「はい。江見明日花さんは、永都建物を退職するに至った理由は職場内のパワーハラスメントにあり、その発生原因は元上司であるあなたと、使用者である永都建物にあると考えています。この件について江見さんは裁判ではなく、和解あっせん手続による解決を望んでおり、そのあっせん人として、私を指名しました。こちらが、和解あ

っせん申立書の写しです」

淡々と告げ、津原は和解あっせん申立書の写しをテーブルの高部の前に置いた。そこには、申立人である明日花と、代理人である弁護士の津原、さらに和解の相手方にあたる高部と永都建物の名前と住所が記され、その下に申立の趣旨と理由、紛争の内容、和解にあたっての明日花の条件も記されていた。驚いた様子でそれを読む高部に、津原は続けた。

「高部さんが和解あっせん手続に応じられた場合、事件の事実関係と事情を聴取する、第一回の審理を行う日時を決めます。審理は弁護士である私が運営しますが、事件の性質によって、専門委員が加わる場合もあります」

「事件？」

顔を上げ、高部が問う。そこに店員の男性がコーヒーを運んで来たので、彼が立ち去るのを待って津原は答えた。

「民法上の和解契約効力を持つ手続なので、そう呼びます。ただし、和解あっせん手続は裁判とは違い、非公開で行われるため、紛争の内容が外部に漏れることはありません。ですから」

そう説明を続けようとしたが、高部に強い口調で「冗談じゃない」と遮られた。

「私は、江見さんの退職とは無関係です。仕事上の指導をしたことはありますが、社内の規程はもちろん、労働施策総合推進法、いわゆるパワハラ防止法に抵触するような言動は取っていません」

予想通りの反応なので、津原は「そうですか」とだけ返す。和解あっせん申立書の一ヵ所を指し、高部はさらに訴えた。

「ここに紙袋に入っていたお金について書いてあるけど、誤解なんです。あれは尾仲社長が個人的な買い物の支払いのために銀行から下ろし、紙袋にしまったのを忘れて、私に渡してしまったものです。お金はすぐ社長に返したし、後日、江見さんにもそう説明しました。しかし彼女は納得せず、精神的に不安定な様子だったので、社の担当部署の判断で仕事を減らし、落ち着いてもらおうとしたんです」

「では、その担当部署の方は、これからいらっしゃるんですか？　御社の法務部、あるいは人事部の方は？　通常、こういった場には同席なさるはずですが……さらに言えば、私が御社の前からお電話差し上げたにもかかわらず、社内の応接室などではなく、喫茶店を面会の場所に指定するというのも、珍しい」

コーヒーカップを口に運び、あくまでも穏やかに屈託なく、津原は告げた。わかりやすくうろたえながら高部が返す。

「たまたま出かける用があったんですよ。まさか、こんな話なんて思わなかったし」

それには反応せず、津原はカップをソーサーに戻して話をまとめた。

「お忙しいでしょうし、そろそろ結論を。高部さんは、今回の和解あっせん手続に応じますか？　手続は申立人と相手方、双方の承諾がなければ行えない決まりです」

「応じません。賄賂なんて、言いがかりもいいところだ。そもそも、証拠はあるんですか？」

「どうでしょう」

穏やかに、しかし言葉に含みを持たせ、津原は返した。顔を強ばらせ、高部が黙る。それを確認し、津原は「失礼します」と告げて立ち上がり、伝票を手にレジに向かった。

8

さらに三十分後。明日花は、まだニュー東京ビルヂングのラウンジにいた。

紅林と戸嶋は話が面白く、諏訪部は不気味だったが、清宮がお茶に続いて和菓子や果物を出してくれたこともあり、つい長居して、自分が津原に和解あっせん手続を依頼するに至ったいきさつを喋ってしまった。すると、その津原がドアからラウンジに入って来た。今朝会った時と同じ、薄茶色のジャケットとパンツという格好で、モスグリーンのバッグを斜めがけにしている。テーブルに着いた明日花を見ても驚く様子はなく、「連絡しようと思ってました」と微笑み、歩み寄って来た。向かいの席に座ってバッグを下ろし、こう続ける。

「永都建物の高部さんに会いましたよ」

「えっ」

明日花ははっとし、それが合図のように紅林と戸嶋、諏訪部が立ち上がった。それぞれ慣れた様子で元のテーブルに戻り、清宮もバーカウンターに向かう。それを見送り、明日花は訊ねた。

「部長はなんて？」

「和解あっせん手続を拒否するそうです。江見さんの主張は、誤解と言いがかりだとか」

「ひどい。なんでそんな……これから、どうするんですか？　まさか、お終いじゃありませんよね？」

ショックと不安で取り乱し、明日花は身を乗り出した。テーブルが並ぶ方から視線を感じるので、紅林たちはそれぞれ作業をしつつ、こちらに聞き耳を立てているのだろう。

「もちろん。最初はこんなもんですよ。ここから、どうやって手続を承諾させ、和解に持っていくかが、腕の見せ所です」

薄く微笑みつつ、津原は答えた。が、その様子に不安が募り、明日花は問うた。

「もう一度、警察に相談するのは？　証拠がないとダメですか？　津原さんも、あの札束は私の誤解で、正しいのは部長だと思いますか？」

「さっきの面会の様子からすると、そうとも思えないんですよね。多分、江見さんが見た札束は、尾仲社長からの賄賂でしょう」

「やっぱり！　なら、裁判しましょうよ。依頼を和解あっせん手続じゃなく、訴訟に変えます。できますよね？」

希望が湧き、明日花は席を立った。しかし、津原はこう答えた。

「それはできないかなあ」

「どうして？　いま、あの札束は賄賂だって言ったのに。違うんですか？」

「和解センターノーサイドは、ADR機関ですから。ADRは、警察にも手が出せないトラブルを扱い、解決します。でも目指すのは、トラブルの当事者双方が納得する妥協点。どっちが正しいとか正しくないとかは、重要じゃないんですよ」

津原にしては珍しく、真顔できっぱりと断言した。しかし明日花はまた答えをはぐらかされ、さらに自分のモットーを否定された気もして、怒りが湧いた。

「正しい正しくないが、重要じゃないって。それでも津原さんは、弁護士ですか？『和解の達人』って聞いたけど、どこが？　やっぱり信じられない。詐欺（さぎ）なんでしょ」

そうぶつけたが、津原は無言。いつもの薄い笑みに戻り、明日花を見返している。と、

「明日花ちゃん」

と声がして、肩に手を置かれた。いつの間に戻って来たのか、隣に紅林が立っている。

「お茶しない？　付き合ってよ」

態度は穏やかだが、明日花の肩を掴む力は強い。仕方なく、明日花は「はあ」と応えた。

9

歩道を歩きだすのかと思いきや、ビルを出た紅林は通りに出てタクシーを拾った。戸惑いつつ、明日花は紅林に促されるまま、タクシーに乗り込んだ。車中、事情を訊こうとしたが、その間もなく、タクシーは停まった。地下鉄大門駅近くの大通りだ。

二人で降車すると、紅林は大通りから脇道に入った。そこは小さな商店街で、飲食店やコンビニ、マッサージ店などが並んでいる。ランチタイムとあって、会社の昼休みらしき男女や、近隣住民と思しき人たちで賑わっていた。二人で歩き始めて間もな

く、

「やあ」

という声がした。傍らには精肉店があり、商品が並んだショーケースの向こうに中年の男性が立っている。紅林は足を止め、笑顔で会釈した。

「どうも。お久しぶりです」

「今日はどうしたの？」

親しげに、中年の男性が問う。ショーケースの端にはコロッケや唐揚げなどの惣菜もあり、その前には数人の客がいて、男性の隣に立つ女性が応対している。紅林は何か答えようとしたが、精肉店に新たな客が入って来た。男性は「またね」と手を振り、紅林も手を上げて応え、歩きだした。

ここは、紅林さんの地元？　でも、なんで？　訝しがりつつ、明日花も歩きだす。少し行くと、今度は若い女性が「紅林さん」と声をかけてきた。そこは生花店の前で、女性はトレーナーに胸当てエプロンを着け、スタンドに花束を並べている。再び足を止め、紅林は微笑んだ。

「こんにちは。お元気ですか？」

「お陰様で。その節は、大変お世話になりました」

花束を手に、女性は頭を下げた。と、店の中から「店長。注文の電話です」と別の若い女性が顔を出した。「じゃあ、また」と紅林が促すと、女性は「はい」と返し、店に入って行った。

以後も、歩く道すがら青果店やスーパーマーケットなどの店員から声がかかり、その都度、紅林はにこやかに応えた。そして商店街を抜けて間もなく、紅林は立ち止まった。鉄筋の建物の前で、植栽やエントランスの様子からしてマンションかと思いきや、壁には「介護付有料老人ホーム　やさしさの郷」とある。

紅林と明日花は自動ドアから建物に入り、エントランス脇の受付に歩み寄った。小窓の向こうにはここのスタッフらしき若い男性がおり、紅林と二言三言話すと、施設内に通じるドアのオートロックを解除してくれた。

ドアの前には長い廊下が横切っていて、その右手奥には居室と思しきドアが並んでいる。昼食が終わったところなのか、廊下の左手突きあたりにある部屋から、入居者たちが出て来た。杖をついたり、車椅子に乗ったりしている人も多く、揃いの青いユニフォームを着たスタッフが付き添っている。それらの人とすれ違いながら、紅林は廊下を進んだ。老人ホームに来るのは初めてということもあって戸惑う明日花だが、付いて行くしかない。

突きあたりの部屋は、広々としていた。椅子がセットされた長机が並び、大型の液晶テレビもある。居室に戻るのは順番なのか、室内には五、六人の入居者がいた。紅林は奥で話している女性のグループに歩み寄り、一人に声をかけた。歳は九十近いだろうか。ショートカットの髪は真っ白だが顔の色艶はよく、しゃれた編み込みのセーターを着ている。グループの他の女性たちも、似たような年格好だ。

紅林は脇に立って身をかがめ、セーターの女性に何か話しかけた。それに笑顔でうんうんと頷いた女性だが、目の焦点がいまいち合っていない。長机の手前で二人を見ていた明日花を、紅林が手招きする。さらに戸惑いながら、明日花は紅林の横に行った。

「小幡さん。この人は、私の友だちの江見明日花さん……こちらは、小幡千代さんよ」

前半は小幡に向かってゆっくり、大きな声で、後半は明日花を見てきぱきと、紅林は告げた。ぎこちなく、「こんにちは」と挨拶をした明日花に、小幡は穏やかな声で「はい、こんにちは」と返す。その顔を覗き、紅林は訊ねた。

「ここの暮らしは、いかがですか？　お友だちもできたようですね」

するとと小幡はまた頷き、

「そうなの。とっても楽しいわよ」

と答えた。目の焦点は合わないままだが、言葉には実感が籠もっている。紅林は
「よかったです。何かあったら、いつでも言って下さいね」と返し、体を起こして明日花に目配せをした。二人で部屋の出入口の脇に移動すると、紅林は語りだした。

「小幡さんは、もともとこの近くで独り暮らしをしてて、さっき通った商店街の常連客だったの。でも半年ぐらい前から、店の商品や接客に無茶なクレームをつけるようになった。それがあんまりひどいので、三ヵ月前、商店街の人たちが伝手を辿って津原さんのところに相談に来たの。その人たちは、和解を勧める津原さんに『納得できない』『法的な処置も辞さない』って訴えたそうよ」

「へえ。あんなに穏やかそうな、おばあちゃんなのに」

明日花の返事に紅林は「でしょ？」と頷き、こう続けた。

「だから津原さんは、許可を得て、小幡さんに私のカウンセリングを受けさせたの。結果、小幡さんは、寂しくて誰かに話を聞いてもらいたかっただけだとわかった。加えて、病院を受診してもらったら、初期の認知症を発症してることもわかったわ。それで津原さんは、小幡さんを説得してここを探し、商店街の人にはいきさつを説明して和解を取り付けたの」

「そんなことがあったんですか」

「うん。だから津原さんは明日花ちゃんにも、考えがあった上で和解を勧めてるんだと思う。おのおの理念はどうあれ、依頼者のために尽くし、不利になるようなことはしない。それが、私たち士業従事者のルールであり、誇りだから」

そう告げて、紅林はシャープな顎を上げた。それで、私をここに連れて来たんだ。

合点がいった明日花だが、とっさに返す言葉が見つからない。

視線を部屋の奥に向けると、小幡はグループの女性たちとのお喋(しゃべ)りを再開していた。もっぱら聞き役だがよく笑い、その度に明るい声が部屋に響く。続けて、明日花の頭にはさっき見た、商店街の記憶が蘇(よみがえ)った。活気に溢(あふ)れ、紅林に声をかけてきた人はみんな、活(い)き活きと働いていた。気持ちが揺れ、明日花はそっと息をついた。

10

一夜明けた午前十時。明日花は新橋にいた。昨日はあの後、大門の駅前で紅林と別れ、帰宅した。今日は一日、家にいるつもりだったのだが、朝からリビングに集まり、仕事だと言ってノートパソコンやタブレット端末を弄(いじ)ってはいるものの、すぐどうでもいい話を始め、お茶休憩を取る家族にうんざりし、出かけてしまった。気分転換に買い物でもしようかとも思ったが、無職の身ゆえムダ遣いはできない。そうこうしているうちに、気づくとこの街に来ていた。

昨日、あんなことを言ってしまった上に、気持ちの整理もついていない。津原や紅林にどんな顔で会ったらいいのか。駅からの道でそう思案した明日花だが、答えが出る前にニュー東京ビルヂングの前に着いてしまった。通りに面した窓から様子を窺(うかが)う

と、ラウンジには明かりが点り、人の気配もある。すると、

「おう」

と声をかけられた。声のする方を向いた明日花の目に、通りを歩いて来るスーツ姿の中年男が映る。新橋中央署の刑事、重信零士だ。とっさに「どうも」と会釈した明日花に、重信は続けた。

「江見さん。胃薬持ってない？　二日酔いで」

そう問いかけて胃の辺りを押さえる顔は、一昨日同様、色艶が悪い。脱力して「持ってません」と返した明日花だが、私の名前を覚えただけいいかとよぎり、問うた。

「今日はどうされたんですか？」

「様子を見に来たんだよ。あの後、津原さんのところに行ったんだろ？」

立てた親指で傍らのビルを指し、重信が問い返す。一昨日は素っ気なかった彼が自分を気に掛けていてくれたのが意外で、明日花は「ええまあ」と口ごもる。次の瞬間出入口のドアが開いた。明日花と重信が視線を向けると、ドアの脇から津原が顔を出した。

「おはようございます。ちょうどよかった」

そう告げ、中に入るように手招きする。まず重信が、「久しぶりだな」と当然のようにラウンジに入り、明日花も続いた。

ドアの横のバーカウンターには清宮がいて、司法試験の勉強中らしい。壁際に並んだテーブルには戸嶋と紅林、諏訪部の姿もあった。明日花は四人に会釈し、紅林には「昨日はどうも」の目配せもし、室内を進んだ。すると昨日明日花が着いた楕円形のテーブルが視界に入ったが、今日その上座には、永都建物の高部和真が着いていた。目が合うと高部ははっとし、明日花もテーブルの手前で固まる。高部の斜め前の席に座った津原は、明日花に「座って下さい」と促し、隣の椅子を引いた。それに従った明日花だが、顔が強ばり、胸に警戒心と怒りが湧く。一方、重信はバーカウンターに歩み寄り、清宮に「こんちは」と親しげに挨拶し、隣のスツールに腰かけた。

場に張り詰めた空気が流れる中、津原が口を開いた。

「先ほど、高部さんがこちらを訪ねて来られました。昨日の返答を取り消し、江見さんとの和解あっせん手続に合意し、パワハラの慰謝料として、個人的に百万円を支払いたいとのことです」

「えっ⁉」

明日花が声を上げると、高部はテーブルに両手をつき、がばと頭を下げた。

「江見さん。辛い思いをさせて、申し訳なかった。許して下さい」

「いえあの……なんで急に？　昨日は、全部私の誤解だとおっしゃったんですよね？」

明日花の疑問に、高部は頭を下げたまま答えた。

「悪いのは、きみに誤解させるような言動を取った自分だと気づいたんだ。すまない」

「いえ、私が謝って欲しいのはそういうことじゃなく——そもそも、本当のことを教えて下さい。部長、あの札束は何だったんですか？　なんで私は、仕事を奪われたんですか？……あの会食の晩、私に『これからも期待してるよ』と言ってくれましたよね？　部長のことを尊敬してたから嬉しくて、がんばって期待に応えようと思いました。なのに」

　訴えるうちに胸が苦しくなり、目から涙が溢れた。同時に、街づくりがしたくて永都建物に入ったこと、花形の再開発プロジェクト事業部に配属され、嬉しかったことなどを思い出し、切なくもなる。しかし高部は、無言のまま頭を上げない。すがるような気持ちで、明日花はさらに問うた。

「お願いですから、答えて下さい。間違ってるのは私と部長、どっちですか？」

　すると、津原がいつもの薄い笑みとともに割って入ってきた。

「まあまあ。落ち着いて」

　そして腰を浮かせ、高部のスーツの肩を軽く叩いて顔を上げさせた。が、その顔は真っ青で目は虚ろ。職場で見ていた、自信に溢れ、溌剌とした姿とは別人で、明日花は驚くのと同時に違和感を覚えた。と、バーカウンターの重信が振り向き、明日花に告げた。

「そのぐらいで、勘弁してやんなよ」

明日花は言い返そうとしたものの、言葉が出て来ない。とっさに首を縦に振りそうになった矢先、津原が言った。

「相変わらず、重信さんは優しいですね……しかし和解あっせん人として、今回の条件では合意できません。理由はおわかりですね？」

最後のワンフレーズは高部に向かい、問いかける。薄く微笑んだままだが、眼差し(まなざ)は鋭く、威圧感もあった。

「理由？」

明日花と重信が同時に問いかけ、高部を見る。固まったように津原を見返した高部だが、すっと立ち上がり、言った。

「すみません。ちょっと息苦しくて。煙草を吸って来てもいいですか？」

「構いませんよ。大丈夫ですか？」

津原の問いに「ええ」と頷き(うなず)、高部はドアに向かおうとした。と、テーブルの一つに着いた戸嶋が言う。

「屋上に行くといいよ。テナントに開放してて、喫煙所にもなってる」

「……どうも」

そう返し、高部は戸嶋が立てた親指で示した階段に向かった。それを見送り、明日花は涙を拭いた。紅林が隣に来て声をかけてくれ、清宮もお茶を淹れてくれたので、じきに落ち着きを取り戻した。やがて十五分ほど経ったが、高部は戻って来ない。

「遅いですね」

津原の言葉に、戸嶋が「言い逃れの算段でもしてるんじゃねえの？　さもなきゃ、裏の非常階段から逃げたとか」と顔をしかめて返す。が、津原は「いや」と呟き、立ち上がって階段に向かった。その深刻な顔が気になり、明日花も席を立って後に続く。

駆け足で階段を上がる津原から遅れること、約一分。明日花は四階から階段室に上がり、ドアを開けて屋上に出た。意外と広く、戸嶋が言った通り、鉄製のテーブルと椅子がいくつか置かれている。その手前で明日花が乱れた呼吸を整えていると、後を追って来たらしい戸嶋が階段室から姿を現した。そして「やべえ」と呟くなり、前方に走りだした。

顔を上げた明日花の目に、ビルの外壁と同じ曲線を描く屋上の手すり壁と、奥の一角に立つ津原と高部が映った。津原は手すり壁の内側にいるが、高部は外側に、こちらに背中を向けて立っている。手すり壁を乗り越え、屋上の庇部分に出たのだろう。状況を察知し、明日花の胸がどくんと鳴った。同時に体が動き、津原たちの元へ走る。

気づけば、手すり壁の前の地面には、煙草の吸い殻が落ちている。明日花は先に着いた戸嶋の横に立ち、言った。

「部長、落ち着いて下さい！」

が、高部は幅四十センチほどしかない庇に立ち、俯いている。戸嶋も言った。

「そうだよ。家族もいるんだろ？　早まっちゃダメだ」

が、高部は前屈みになったまま。今度は津原が口を開いた。

「高部さん。抱えているものを、話して下さい。あなたと江見さん、お二人の気持ちが収まり、新たな生活に踏み出せるような答えを、必ず見つけます。それが僕の仕事ですから」

薄く微笑みつつ片手で自分を指し、語りかける。すると高部は顔を上げ、思い詰めたような目でこちらを見た。その目を見返し、明日花は訴える。

「失礼があったなら、お詫びします。私は、部長を追い詰めたい訳じゃなかったんです」

「いや」と返し、高部は首を横に振った。そして、意を決したようにこう続けた。

「本当は誤解じゃなく、江見さんの言った通りなんだ。菓子折の下にあった二百万円の札束は、尾仲社長からの賄賂で間違いない」

「やっぱり！」と声を上げかけた明日花を、津原が眼差しで止める。高部は語った。

「ただし、賄賂を贈られたのは僕じゃなく、再開発プロジェクトを管轄する取締役員の岩貞さん。あの札束は、岩貞さんが尾仲社長の会社に仕事を発注する代わりに、受け取るはずだったキックバックだ。ところが、受け渡し役を命じられた僕は酒に酔い、誤って札束の入った紙袋をきみに渡してしまった。言い訳を考えて、きみが退職するように仕向けたのも岩貞さんだ」

最後は訴えるような口調になる。しかし話から受けたショックが大きすぎて、明日花は何も返せない。代わりに、津原が答えた。

「思った通りです。では、昨日僕に一人で対応したのも、江見さんへの慰謝料を個人で支払うという申し出も、岩貞さんの指示ですか？」

「そうです。でも僕は、賄賂の件はこれ以上会社に隠し通せないと思って、岩貞さんに『もう無理です』と言ったんです。するとあの人は、『ふざけるな。元はと言えば、お前のミスだ。こんなに使えないやつだと、思わなかった』と怒って……僕は若い頃から、ずっとあの人の後に付いて来たんだ。岩貞さんも、そんな僕を信頼してくれてると信じてた。だから、内心では『やりたくない』『申し訳ない』と思っても、汚れ仕事を引き受けたのに」

そこで声を詰まらせ、高部は顔を前に戻した。そして庇の縁まで進み出て、下を覗く。

「いけません！」

津原は叫び、腕を伸ばそうとした。が、高部はそれを「来るな！　もう終わりだ」と怒鳴りつけて止め、上半身を空中に突き出す。

「ダメ！」

とっさに明日花は叫び、戸嶋も何か言う。と、次の瞬間、明日花たちとは反対側の高部の傍らから人影が現れた。そしてこちらに駆け寄り、手すり壁から身を乗り出して、両腕を前に伸ばした。高部が庇から飛び降りようとした直前、人影の両手は彼の肩と腕をむんずと摑み、手前に引き戻した。

「バカ野郎！」

その場に響いた怒鳴り声で、明日花は人影が刑事の重信だと気づく。重信は、手すり壁に背中を押しつけられた格好で「放せ！」と暴れている高部をしっかりと押さえ、こちらを振り返った。

「見てないで、手伝え！」

その声に津原と戸嶋が慌てて動き、高部の体を押さえたり、声をかけたりした。それから、明日花も一緒になって必死になだめると、高部はなんとか落ち着きを取り戻した。津原と戸嶋の手を借りて、手すり壁の内側に戻る彼にほっとしつつ、明日花は重信に告げた。

「ありがとうございました。でも、いつの間に？」

「雲行きが怪しくなったから、江見さんたちの後からここに来たんだ。で、反対側から回り込んで、あそこの陰に隠れてた」

そう答え、重信は傍らの手すり壁を指した。そこには、大型のエアコンの室外機が横並びに据えられている。納得し、明日花が再度礼を言おうとすると重信は、「二日酔いの人間を、走らせるなよ。吐きそうだ」と顔を歪めた。

明日花たちがやり取りしている間に、津原と戸嶋は高部を屋上に置かれた椅子の一つに座らせようとした。が、高部はレンガ敷きの地面に座り込んで俯いたままで、明日花はその姿を呆然と見下ろした。

私が部長を尊敬してたように、部長も岩貞さんを尊敬してたのね。なのに、使えないやつ呼ばわりされて、切り捨てるようなことまで言われて、絶望しちゃったのかな。だからって、部長が間違ったことをしたのに変わりはない。でも、一番間違ってるのは……。明日花はそう思い、大きな体を高そうなスーツに包んだ岩貞の姿が頭をよぎった。重信が言う。

「江見さん。前に会った時、民間企業の社員に収賄罪は適用されないと言ったろ？　だが、取締役や会計参与などの公共的な職務の人間は例外だ。さっきの高部さんの話が事実なら、刑事事件として立件できるぞ」

「本当ですか⁉　なら、立件しましょう……今度は、できないとは言いませんよね？」

テンションを上げ、明日花は隣を見た。が、そこに立つ津原はこう答えた。

「僕が求めるのは、紛争にふさわしい妥協点。善悪のジャッジではありません」

そして、座り込んだままの高部に、

「あなたは終わりじゃない。できることは、まだありますよ」

と薄い笑みを浮かべて告げ、手を差し出した。

11

三日後。明日花は津原に呼ばれ、ニュー東京ビルヂングに行った。ラウンジの楕円（だえん）形のテーブルに向かい合って着くと、津原は一枚の書類を差し出した。明日花はそれを受け取り、読んだ。

書類の上部には、「和解書」と書かれていた。その下に、「甲（こう）を江見明日花、乙（おつ）を株式会社永都建物として、次の和解をする」とあり、さらに下には第一条から始まる項目が並び、それぞれ文言が記されている。第一条に目を通すと、「(謝罪及び誓約)乙は甲に対し、本件についてパワーハラスメント行為があったことを認め、精神的な苦痛を与えたことについて深く反省し、心より謝罪します」とあった。

まあ、当然よねと頷(うなず)き、明日花は第二条に目を移した。するとそこには、「(示談金) 乙は甲に対し、本件の損害賠償金として、金三百万円(以下、慰謝料)を支払うことを認め、かつその慰謝料について、本和解書締結日から三十日以内に、甲の指定する銀行口座に振り込む方法により支払います」と書かれていた。

「三百万!?」

そう叫んでから我に返り、明日花は周りを見た。傍らのテーブルでは戸嶋、紅林、諏訪部が作業しながら聞き耳を立てており、バーカウンターのスツールに座った清宮はこちらに背中を向け、参考書を手に何やらぶつぶつ言っている。時刻は午前九時過ぎだ。

「はい」と、津原はにこやかに応(こた)えた。今日は、オフホワイトのカットソーに薄茶色のジャケットという格好だ。三日前、あのあと彼は明日花に「任せて下さい」と告げ、高部を連れていずこかへ歩き去った。

「高部さんから改めて事情を聞き、昨日、永都建物の本社を訪ねました。そこで岩貞光樹さんと、永都建物の法務担当の方に会い、和解あっせん申立書をお渡ししました。その際、高部さんから聞いた事情と、彼が保存していた、尾仲社長から岩貞さんへのキックバックの証拠となるメールやメッセージ、通話の録音の一部を提示したところ、永都建物側は、その場で和解あっせん手続に合意してくれました」

「キックバックの証拠？　高部部長は、そんなものを持っていたんですか」

明日花は驚き、同時に三日前の高部の姿と、本当は汚れ仕事をやりたくない、申し訳ないと思っていたという彼の言葉が蘇った。「ええ」と微笑み、津原は続けた。

「協議の末、完成したのがその和解書です。永都建物には、江見さんへのパワハラだけではなく、岩貞さんの背任行為も認めさせました」

そう告げられ、明日花は和解書に視線を戻した。第二条以降の項目を読み進めると、確かに該当する記述がある。ほっとしてさらに和解書を読み進めた明日花だが、ある記述が目に留まり、顔を上げた。

「この『(甲の禁止行為)』って項目、なんですか？　『甲は、以後、本件について厳にその機密を保持し、メール、SNS、インターネット上の掲示板、その他いかなる手段によるかを問わず、第三者へ漏洩しないものとします』って、ありますけど。しかもその下には、『甲がこの条項に違反したときは、違約金として一回につき金三百万円を支払います』ともあるし」

信じられない思いで、和解書と向かいを交互に見て捲し立てる。平然と、津原は答えた。

「キックバックとパワハラを不問に付すことを条件に、江見さんへの慰謝料の上乗せを取り付けました」

「それってつまり、お金をもらう代わりに全部なかったことにしろって意味ですか？　あり得ない。悪いことをした人が罰せられないなんて、おかしいですよ。これが和解あっせん手続？　なら、間違ってます」

　津原をまっすぐに見て、これまでに覚えた疑問と不信感をぶつける。間を置かず、津原は答えた。

「でも、江見さんはそれを望んだんですよね？　今回の事件の和解あっせん申立書には、真相の究明と謝罪、慰謝料の支払いを求めるとあり、あなたはそれに署名した」

　眼差し(まなざし)は鋭く冷たいのに、口元は微笑んだまま。そのギャップに戸惑い、さらに背筋がぞくりともして、明日花は「それは」としか返せない。視線を動かさず、津原は続けた。

「ADRは、紛争の当事者が納得できる妥協点を見出(みいだ)す手続。和解とは、白か黒かではなく、限りなくグレーなものです……ちなみに、高部さんは永都建物を退職するそうです」

「えっ」

「僕には、『むしろ、気が楽になりました。一からやり直します』と話されていましたよ。それと、和解書の続きを読んでもらえばわかりますが、永都建物には、岩貞さんの処分も含めた経営体制の改善を要求し、僕が看視(かんし)することを許諾させました」

「じゃあ」

そう呟き、明日花は頭を巡らせた。どんな処分が下されるにしろ、岩貞が今の立場でいられるはずはなく、出世の道は絶たれるはずだ。

つまり、因果応報。岩貞さんも高部部長も、私にしたことが自分に返ってくるの？

そう悟り、明日花ははっとする。同時に三日前、高部の告白を聞いた後の、「思った通りです」という津原の言葉が蘇った。明日花は問うた。

「ひょっとして、部長の裏には別の誰かがいるって気づいてたんですか？　その上で、部長に揺さぶりをかけて真相を語らせ、賄賂の証拠を切り札に永都建物と交渉したの？」

後半はタメ口になってしまったが、気にする余裕はない。しかし、津原は薄く微笑むだけで何も答えない。なんて人だと思う反面、このまえ老人ホームで小幡千代と会った際の、「津原さんは明日花ちゃんにも、考えがあった上で和解を勧めてるんだと思う」「依頼者のために尽くし、不利になるようなことはしない。それが、私たち士業従事者のルールであり、誇りだから」という紅林の言葉も浮かぶ。戸惑う明日花に、津原は、

「納得いただけましたか？　でしたら、和解書にサインを」

と問いかけ、高そうな万年筆を差し出した。明日花がそれを受け取れずにいると、

戸嶋が近づいて来た。

「いいじゃん。もらえるはずだった給料だと思えば。頭を切り替えて、前に進もうぜ」

調子よく語り、当たり前のように明日花の隣に座る。今日もジャージ姿で、色は黒だ。確かにそう。でも……と明日花が迷った時、「その通り」と頷き、ダークグレーのパンツスーツを着た紅林もやって来た。

「それに、納得できないことがあるなら、ここに通って話し合えばいいのよ……津原さん。前に、事務所の掃除とか、雑用をしてくれる人を探してるって言ってたわよね？ ついでに、明日花ちゃんに頼んじゃえば？」

「それ、いい。俺らも大歓迎だ」

目を輝かせて戸嶋が言い、後ろからやって来た諏訪部と、バーカウンターの清宮に「でしょ？」と問う。

「まあな……ところで、お前の家、ボール型のライトを床置きしてるだろう？」

据わった目で明日花にそう訊ねてきたのは、黒いスタンドカラーのシャツを着た諏訪部。清宮は、参考書を手に振り向き、「はいはい」と笑う。みんなに視線を向けられ、さらに迷った明日花だが、心を決めて応えた。

「そうですね。先のことを考えなきゃならないし、今回の件は和解します……津原さん。本当にこれが正しい方法なのか、明日から話し合いましょう」

そう告げ、万年筆を受け取った。笑顔もつくり、「いいですか？」と訊ねたが、津原は、

「話し合うのは構わないし、雑用をしてくれる人を探してたのも本当だけど……どうしようかなあ」

と、これまでの態度がウソのようにうろたえ、迷いだした。すかさず、明日花は言う。

「二択なら、答えは簡単ですよ……イエス？　それとも、ノー？」

「じゃあ、イエスで」

気圧されたように津原が答え、戸嶋たちが歓声を上げて拍手する。

じゃあ、ってなに？　やり手とか達人とか言われる割に、なんか摑みどころがない人よね。争っている人の両方の気持ちが収まって、新たな生活に踏み出すための答えを見つけるって、すごいことなのかもって思いかけたけど……やっぱり、グレーな和解なんてあり得ないし、白黒つけるべきよ。そう思うと力が湧き、明日からがちょっと楽しみになった。明日花はキャップを外して万年筆を握り、和解書にサインした。

CASE2

お互い、プロですから

1

「――問題は、暑さ寒さと湿気だと思います。そのために求められるのは、断熱性と通気性を兼ね備えた家ではないでしょうか」

緊張の面持ちで、若い女性は発言を終えた。ダークグレーのスカートスーツに白いワイシャツを合わせ、長い髪を頭の後ろで束ねている。

「ありがとうございました。では、今の提案に意見のある方は？」

そう問いかけたのは、司会役の男性だ。こちらも若く、濃紺のスーツを着ている。

迷わず、江見明日花は挙手した。

「はい」

その声で、ダークグレーのスーツの女性と司会役の男性、他の男女二人の目が、黒いパンツスーツ姿の明日花に向く。五人は同じテーブルに着き、それぞれの椅子の後ろには①から⑤までの番号が書かれた紙が貼られている。明日花の椅子の番号は、②だ。

ここは、東京・西新宿（にししんじゅく）にある中堅ハウスメーカーの会議室だ。今は就職試験のグループディスカッションの真っ最中で、五人の後ろには、書類が挟まれたクリップボードとペンを持った、面接官の男女が立っている。テーブルの脇に置かれたホワイトボードに貼られたグループディスカッションのテーマは、「未来の住宅」。

「では、二番の方。どうぞ」

司会役の男性に促され、明日花は手を下ろして口を開いた。

「素晴らしい提案だと思います。でも、矛盾もありますよね」

自分の斜め前に座るダークグレーのスーツの女性に向かい、告げる。彼女の椅子の番号は④だ。

「断熱性を高めれば、暑さや寒さの影響を受けにくくなる反面、空気がこもりやすくなって湿度が上がり、カビや害虫が発生しやすくなります。つまり、二つの要素を両立させるのはとても難しいんです。ですから、まずどちらかを選んで充実させ、欠点をフォローするのが現実的ではないでしょうか。四番さんは、どちらがより重要だと思いますか？」

想定外の質問だったらしく、ダークグレーのスーツの女性は「えっと」と顔を強ばらせる。まずい。そうよぎり、明日花は続けた。

「すみません。どちらかを選んでもらって、議題にできればいいなと」

「ですよね、わかります」

すかさず、司会役の男性がフォローしてくれたが、その笑顔は引きつっている。明日花は重ねて「すみません」と会釈し、ダークグレーのスーツの女性を含めた四人は「いえいえ」と首を横に振った。しかし、場には気まずい空気が流れ、明日花の胸には焦りと後悔が広がる。その耳に、後ろの面接官たちがペンで書類に何かを書き込む、硬く小刻みな音が聞こえた。

2

それから間もなく就職試験は終わり、明日花はハウスメーカーを出た。JR新宿駅まで歩いて山手線（やまのて）に乗り、新橋駅で降りる。十一月も中旬とは思えないほど暖かく、空も晴れている。しかし、就職試験のことを思い出し、明日花の足取りは重い。それでも途中のドラッグストアで買い物を済ませ、目的地であるニュー東京ビルヂングに向かった。正面のドアを開け、ビルの一階のラウンジに入る。

「よう。お疲れ」

まず、弁理士の戸嶋光聖が声をかけてきた。いつも通り、傍らに並んだテーブルの一つに着いている。白いジャージ姿で、テーブルに書類を広げているものの、手にしたスマホを弄（いじ）っていた。

「こんにちは」

　挨拶を返し、明日花は斜め前方にある階段に向かおうとした。が、ドアの横のバーカウンターが目に入り、足を止める。そこに並んだスツールには二つの人影があり、手前のベージュ色の作業服は、このビルの管理人でビル管理士の清宮隆一郎。奥の薄茶色のジャケットは、弁護士の津原元基だ。近づいて行くと、津原の「商法は、過去の問題から出題される傾向が」という声が聞こえ、それに清宮がうんうんと頷き、カウンターに広げたノートにメモを取るのがわかった。司法試験の合格を目指しているという清宮に、津原がアドバイスしているらしい。

「遅くなりました」

　明日花がかけた声に、二人が振り向く。清宮は「こんにちは」と微笑み、津原は「お疲れ様です」と返し、ここに座ってと言うように自分の隣のスツールをスライドさせた。そこに腰かけ、明日花はバッグとドラッグストアのレジ袋をカウンターに載せた。と、ヒールの音を響かせ、誰かが階段を下りて来た。

「よっしゃ。午前中のカウンセリングは終了」

　そう言って片手でガッツポーズをつくり、ラウンジに進み出たのは、臨床心理士の紅林千草だ。相変わらず美人で、メイクも完璧。ライトグレーに白いストライプが入った、パンツスーツを着こなしている。時刻は午前十一時過ぎだ。

「こんにちは」

明日花が挨拶すると、紅林はバーカウンターに歩み寄って来た。

「どうも。その格好は就職試験の帰り？　どうだった？」

「ダメです。面接までいったのに、グループディスカッションで失敗しちゃって」

「もしかして、ディスカッションの相手を追い込んじゃった？　で、場の空気は最悪」

「なんでわかるんですか？」

驚き、明日花は問い返したが、紅林は「ちょっと前にも、同じパターンで失敗してたじゃない」と笑い、さらに訊ねた。

「明日花ちゃんって、彼氏に『好きなの？　嫌いなの？』とか『いいの？　イヤなの？』とか、二択で答えを求めがち？　で、それが原因でフラれたことがある？」

「……はい」

大当たりなので、頷くしかない。「白黒はっきり」がモットーの明日花ゆえ、質問にはイエス・ノーで答える主義だ。しかし相手にもそれを求めてしまい、失敗することも少なくない。「やっぱりね」と頷き、紅林は「ドンマイ」と笑顔で明日花の肩を叩いた。

フォローになってない上に、微妙におばさん臭いけど気持ちは嬉しい。そう思い、明日花は紅林に「がんばります」と返し、隣に向き直った。

「それはそうと、津原さん。今日は書類棚の掃除をしますよ。机、段ボール箱と済ませて、残るはあそこだけです」

そしてカウンターの上のレジ袋から、さっき買ったゴミ袋とビニール紐を取り出す。

困惑した顔になり、津原は返した。

「いやでも、書類棚は整理がまだで」

「掃除しながら、整理しましょう」

明日花は明るく提案したが、津原は「う～ん」と考え込んでしまう。

かつての勤め先・永都建物と和解した明日花だが、そのあっせん人である津原のやり方や考え方には納得がいかなかった。そこで、バイトというかたちで津原が運営する和解センターノーサイドに通い、彼と話し合おうと決めた。結果、明日花もこのラウンジに出入りするようになり、ここを溜まり場にしているビルのテナントの人たちと親しくなった。

しかし、バイトの初仕事として取りかかった事務所の掃除は思うように進まない。明日花が書類や本などを手にして「これはいりますか？　いりませんか？」と問うても、津原は「どっちかなあ」「いらない……いや、いるかも」と迷ってばかりだからだ。そうこうしているうちに三週間ほど経ち、明日花は再就職先が決まらず、津原との話し合いも進まないという状態が続いていた。

「みんな、始まるぜ」

ふいに口を開き、戸嶋が立ち上がった。手にしたスマホの画面を見たまま、バーカウンターの前に来る。「えっ、例のあれ？」と紅林がその隣に行き、「あれって何ですか？」と明日花もスツールを下りる。紅林とは反対側の戸嶋の隣に立ち、スマホの画面を覗く（のぞ）と、動画が再生中だった。どこかの部屋にテーブルが置かれ、若い女性と津原が着いている。

「みなさん、こんにちは。『それってギルティ？』の時間です。今週も、弁護士の津原元基先生とお送りします」

アッシュピンクの長い髪を三つ編みにした若い女性は、そう言って手のひらで隣を指した。「こんにちは。津原です」と会釈した津原は、生成り色のシャツ姿で微笑んでいる。驚き、明日花は問うた。

「これ、ネットの配信番組ですか？」

「ああ。巷（ちまた）のニュースを、法律的な見地からわかりやすく解説するって趣旨なんだけど、若い連中には、『弁護士の先生が必死すぎてウケる』って言われてる」

戸嶋がそう答え、紅林も言う。

「和解あっせん手続ってまだまだ普及してないし、それだけで食べていくのは難しいのよ。で、津原さんはこの手のバイトで日銭（ひぜに）を稼いでるわけ」

「なるほど、そういうことだったんですね。毎日のように和解センターノーサイドに通ってるのに、ほとんど依頼者が来ないから、どうしてるんだろうと思ってました」

合点がいき、明日花は頷いた。カウンターの津原は、「言いたい放題だなあ」とぼやいたが、明日花は構わず画面に見入った。番組は、先日都内のビルの壁で発見されたグラフィティアート、つまり芸術性の高いいたずら描きのニュースを紹介している。

「専門家によると、今回見つかったものは『ｅｄｇｅ』さんの作品である可能性が高いそうです。ｅｄｇｅさんは、ステンシルアートと呼ばれる、型紙を用いた手法と、作品に込められたメッセージ性の高さから、『日本のバンクシー』と呼ばれる超人気グラフィティアーティスト。ビルの壁やシャッター、道路標識などに作品を描く一方、アートオークションに出品された作品は、数千万円の値段で落札されています」

三つ編みの女性が説明し、画面にはＶＴＲが流れる。それは裏通りのビルの白い壁に、黒いスプレー塗料で描かれた絵で、モチーフは二体の骸骨。一体は指に大きな宝石のついた指輪をはめ、高そうなハンドバッグを持って歩くセレブマダム風。もう一体は、その傍らに酒瓶を片手に座り込むホームレスの男性風だ。金持ちもそうでない人も、一皮むけば同じだというメッセージか。

アートには疎い明日花だが、バンクシーの名前は知っていて、イギリスを拠点とするグラフィティアーティストだという知識もある。確かに画面の絵は、コントラストの強いタッチも含め、バンクシー風だ。

「しかし、このedgeさん。バンクシーと同じように、正体不明。『東都美術大学を卒業しているらしい』『性別は男性らしい』という噂もありますが、本当かどうかはわかりません……さて、津原先生。このニュースをどう思われますか？」

画面は部屋に戻り、三つ編みの女性が訊ねる。のんびりと、津原は答えた。

「風刺が効いていて、いい絵ですねえ。でも、残念ながら違法行為、犯罪です」

「出ました、ギルティ！　どんな犯罪なんですか？」

三つ編みの女性が大袈裟に声を上げ、津原は語りだした。

「他人の持ち物に許可なく落書きをすると、器物損壊罪や建造物損壊罪などに問われ、懲役や罰金を科される可能性があります。それに、落書きの方法や内容によっては、住居侵入罪、侮辱罪、名誉毀損罪などに該当する場合もあるでしょう」

「みんな、『たかが落書き』と思ってると、大変なことになっちゃうぞ」

深刻な顔をつくり、三つ編みの女性が訴える。津原も「その通り」と頷き、こう続けた。

「でも、器物損壊罪は親告罪。つまり、被害者が告訴しなければ刑事事件にはならないので、被害者と話し合って和解することも可能です。もし、いたずら描きでトラブルになってしまった場合は、ぜひ、和解センターノーサイドに相談を――」

「はい、ありがとうございました。では、次のニュースを」

満面の笑みで、しかし容赦なく津原の話を遮り、三つ編みの女性は番組を進めた。

それを見た戸嶋が、「津原さん、必死すぎだろ」と笑い、紅林は、

「解説にかこつけて、自分の事務所の宣伝をしようってところが、小ずるいわよね」

と批評する。「ですね」とつい明日花も頷いてしまい、津原は「勘弁してよ」と情けない声を上げる。その時、

「俺も東都美術大学卒で、性別は男だぞ」

と背後で低い声がした。明日花、紅林、戸嶋が振り向いた先には、一級建築士の諏訪部英心がいた。明日花は驚いたが、紅林と戸嶋は慣れているらしく、「そうだったわね」「東都美術大学って、名門じゃん」と返す。すると諏訪部はふんと鼻を鳴らし、津原に告げた。

「仕事に困ってるなら、紹介してやってもいいぞ」

3

その三十分後。明日花は車を運転していた。助手席には津原が座り、後部座席には諏訪部もいる。

「もう一度、確認させてもらっていいですか？　紹介してもらえるというのは、諏訪部さんのお知り合いなんですよね」

そう問いかけ、津原は体に斜めがけにしたナイロン製のモスグリーンのバッグから書類を取り出した。後ろで、諏訪部が答える。

「知り合いの知り合いだ。会ったことも話したこともない」

つまり、全然知らない人？　ハンドルを握りながら、明日花は呆れる。

あのあと津原は諏訪部と話し、彼が紹介してくれるという人に会うことになった。すると、その人は東京郊外の街にいるとわかり、清宮が勤務先のビル管理会社のミニバンを貸してくれた。が、津原はペーパードライバーで、諏訪部は自動車の運転免許を持っていない。仕方なく、ドライバーとして明日花が同行することになった。

「はあ……とにかく、ある人がトラブルに巻き込まれて困っていると。それが住宅に関わるものなので、諏訪部さんに連絡があったんですね」

首を後ろに廻し、津原が話を進める。諏訪部は「そうだ」と答え、さらに言った。

「どうせ法律絡みの話になるだろうから、津原氏に声をかけた……言っておくが、仕事に結び付いたらマージンをもらうからな」

なんか、ガツガツしてるなあ。明日花はそう思い、諏訪部はどんな建築士なんだろうと疑問が浮かぶ。と、通りの先の信号が赤になったので、ミニバンを停めた。こっそりジャケットのポケットからスマホを出し、「諏訪部英心　作品」で検索する。結果、表示されたのは、スタイリッシュだが、玄関がどこにあるのかわからない住宅や、黒と白の縦縞に塗られた外壁が、葬儀場で見かける幕にそっくりなビルなど、エキセントリックなデザインの建築物ばかりだった。

　仕事に困ってるのは、諏訪部さんも同じ？　津原さんに声をかけたのは、マージン目当てかも。そうよぎり、明日花はつい「なんだ」と呟く。とたんに、ルームミラー越しに自分を凝視している諏訪部に気づき、ぎょっとする。諏訪部が問う。

「『なんだ』って、なんだ？……お前の家、出窓に埃まみれのぬいぐるみを置いてるだろう？」

「置いてませんよ……でも、出窓はあるし、日焼けしたジグソーパズルを置いてるな」

　明日花がつい正直に答えてしまうと、諏訪部は小バカにするように鼻を鳴らし、黒いスタンドカラーのシャツに包まれた大きな体を後部座席のシートに預けた。

「いいじゃないですか。あのジグソーパズルは、私が小学生の時につくったやつで」

　ムキになって言い返した明日花を、津原が「落ち着いて」となだめる。

「運転中のスマホ操作はやめましょう。車が完全に停止していれば道路交通法違反にはなりませんが、危険です。それと、信号が変わりましたよ」

　見ると、確かに前方の信号は青だ。明日花は「すみません！」と応えてスマホをしまい、ハンドルを握り直した。

4

約一時間後。辿り着いたのは、西東京市だった。明日花は住宅街の中のコインパーキングにミニバンを停め、津原、諏訪部とともに降りた。通りを進んで角を曲がると、目指す家に着いた。

狭い敷地いっぱいに、陸屋根の四角い二階家が建っていた。家の側壁は、最近よく見る黒いタイル風のボードだが、前壁は本物の板張り。二階のベランダの手すり壁も、板張りだ。

「おしゃれですねえ」

そう言って、明日花は家の敷地に入って行く津原たちに続いた。手前に停められた軽自動車と自転車の間を抜けて進むと、奥の玄関のドアが開いた。顔を出したのは三十代半ばぐらいのぽっちゃりした女性で、あらかじめ諏訪部が連絡していたのか、「お待ちしてました」と会釈をした。

女性の案内で、明日花たちは家に上がり、玄関の脇にある部屋に入った。広さ十畳ほどのリビングダイニングキッチンで、手前のキッチンの向かいにダイニングテーブルと椅子、奥の掃き出し窓の前に、ソファとローテーブルが置かれている。と、ダイニングテーブルに着いた男性が立ち上がった。

「どうも。遠くまで、すみません」

丁寧に頭を下げた男性だが、声に力がなく、顔色も悪い。ハイネックのカットソーにチノパンという格好で、歳は三十代後半か。女性に促され、明日花たちはテーブルの男性の向かい側に着いた。

それから諏訪部と津原は男性と女性に名刺を渡し、明日花のことは津原がスタッフだと紹介した。続けて男性が、「川端航平といいます」と名乗り、女性を指して「妻の未散です」と言った。さらに航平は大手電機メーカーに勤め、未散は大学の講師をしていること、今日は二人とも在宅勤務であること、家族は他に、幼稚園児の息子・柊太がいることを告げた。それを笑顔で聞き、津原は言った。

「素敵なお宅ですね。外だけじゃなく、家の中にも木材をふんだんに使っているところに、こだわりを感じます。しかも、新築でしょう?」

「ええ。完成して四ヵ月です。僕がアレルギー体質で、妻はアウトドア好きということもあって、家の建材には、できるだけ無垢のチーク材を使っています」

室内を眺め、航平が答える。確かに、この部屋の床と壁、天井には、赤みを帯びた茶色の木材が張られている。廊下と、そこから見えた階段、ドアなどにも木材が使われていた。と、諏訪部も口を開いた。

「チーク。シソ科チーク属の落葉性高木で、マホガニー、ウォールナットと並ぶ、世界三大銘木の一つ。木材には七つの等級があるが、この家の前壁、廊下、及びリビングダイニングキッチンには、最上級の無節、つまり節が全くなく、木目も美しいものを中心に、その下の等級である特選上小節、さらにその下の上小節など、節はあるが上質なものをバランスよく配し、メリハリを付けている」

　見事な解説と観察眼だが、未散が淹れてくれたコーヒーをすすりながら俯いて話す姿は、怪しさ満点。しかもその声は、熱っぽいのにどこか上ずり気味だ。怪訝そうに諏訪部を見る川端夫妻に、津原が本題を切り出した。

「それで、トラブルというのは？　このお宅に関することだと伺いましたが……お困りでしたら、何なりと」

　最後のフレーズは、明日花が初めて和解センターノーサイドを訪ねた時にも言っていた。お約束の台詞なのかと明日花が考えていると、航平は「はい」と頷いて喋りだした。

「契約も工事も問題なく進んで、イメージ通りの家が完成しました。家族三人、大喜びでここで暮らし始めたんですが、ひと月経った頃から、僕の体調がおかしくなって」

　そして「見て下さい」と続け、片手でカットソーのハイネックの部分を摑んで引き下げた。露わになった首の中ほどには細かな湿疹が固まってでき、その部分の皮膚が赤くなっている。航平は、「ここも」と、カットソーの両袖を捲り上げた。その両腕の手首と肘関節の内側にも、首と同じ湿疹ができ、赤くなっていた。

「かゆいでしょう。お辛いですね」

明日花が思っていたのと同じ事を言い、津原が眉根を寄せる。航平はハイネックと袖を元に戻し、暗い顔で頷いた。

「皮膚炎らしいんですが、薬を塗ってもよくならなくて。頭痛と倦怠感もあります」

「私も最近、ひどくはないけど頭痛と倦怠感があります。これ、シックハウス症候群じゃないかと思うんです。ここに引っ越すまで、なんともなかったんですよ」

航平の隣の未散も、口を開く。「そうですか」とだけ応え、津原は訊ねた。

「こちらのお宅の施工会社は？」

「シャイニーホームズです。自然素材の家を売りにしてるから、選んだのに」

黒いチュニックに包まれた体を乗りだして未散が言い、航平も顔を険しくして訴えた。

「シャイニーホームズは、コストを削減するために有害な建材を使ったんじゃないでしょうか。僕と妻の症状の原因は、それだと思うんです」

「えっ。本当ですか？」

思わず、明日花も会話に加わる。すると航平は、

「シャイニーホームズの担当者は、認めません。でも、納得できなくて」

と返し、未散も眉根を寄せて頷く。津原が言った。

「お話はわかりました。この家の建築に関わる書類を見せてもらえますか？　江見さんは、諏訪部さんを手伝って下さい」

「手伝う？」

意味がわからず、明日花は隣を見た。が、そこに諏訪部の姿はなく、気づけば、その大きな背中は、ダイニングテーブルを離れてドアに向かっている。明日花は急いでバッグを抱えて立ち上がり、後を追った。

部屋を出た諏訪部は廊下を進み、並んだドアの一つを開けた。当然のように部屋の中に入り、明日花も「ちょっと」と声をかけながら続いた。

そこは二畳ほどの洗面所で、奥に洗面台と洗濯機が置かれ、傍らにバスルームのドアがある。諏訪部は真っ直ぐ洗濯機に向かい、その上に据えられた棚を覗いた。そして棚に並んだボトルを手に取っては戻し、

「洗濯洗剤はオーガニック。柔軟剤は——使ってないな」

と呟いた。続いて洗面台の前に移動し、洗面ボウルの上に据えられた棚の扉を開け、中のものを弄りだした。その意図に明日花がピンときた時、廊下を未散が近づいて来

た。

「あの、何してるんですか？」

「すみません。少し調べさせて下さい。シックハウス症候群は、住宅の建材以外のものが原因でも起きます。洗剤や化粧品、シャンプー、衣類や布団、カーテン、絨毯。調味料なども」

振り向き、そう答えたのは明日花だ。戸惑いつつも未散は「はあ」と返し、諏訪部は手を止めて明日花を見る。

「永都建物にいた頃、研修で習いました。今も住宅関係の会社に再就職しようと思ってるので、勉強中です」

小声でそう説明すると、諏訪部は「その割に、不採用連発らしいな」と嫌みたらしく返し、作業を再開した。今朝のグループディスカッションの記憶が蘇り、明日花はずんと暗い気持ちになる。

その後、諏訪部は二階に上がった。夫婦の寝室と子ども部屋、客間の壁と床を調べ、クローゼットの防虫剤、エアコンのフィルターと壁に設置された二十四時間換気の給気口をチェックし、一階に戻る。階段下の物置とキッチンの換気扇、冷蔵庫の中身なども調べ、立ち会った未散に、家族の既往症などを聞いた。

約一時間後。諏訪部と明日花、未散がリビングダイニングキッチンに戻ると、津原も作業を終えたらしく、航平に書類の束を返していた。再び、五人でテーブルに着く。

「ざっと見たところ、シックハウス症候群の原因になるようなものはない。掃除や換気も、行き届いてるようだ」

　諏訪部が報告し、津原も言う。

「そうですか。僕の方も見積書、工事請負契約書、重要事項説明書などを確認しましたが、問題なしです。図面関係は、後で諏訪部さんに見ていただくとして……川端さん。大切なマイホームがトラブルに見舞われ、お気の毒です。よければこの件は、僕に任せて下さい」

「ありがとうございます！　ぜひ、お願いします」

「シャイニーホームズを訴えるんですか？」

　顔を輝かせ、未散と航平が声を上げる。すると津原は薄い笑みを浮かべ、こう答えた。

「いいえ。訴訟はしません」

「なんで!?」

　気づくと、明日花は言っていた。驚く川端夫妻に「ちょっと、すみません」と笑顔で断り、隣に囁きかける。

「暮らし方に問題がないなら、ご夫妻の不調の原因はこの家でしょう。違いますか？」

「現時点では、何とも。それに、建築紛争の裁判って絶対長引くんですよ。その間に、ご夫妻の体調が悪化したら困るでしょ。その点、和解あっせん手続なら、紛争は簡単に、素早く、かつ公平に解決できるし、家の改修や慰謝料の支払いも、すみやかに行われるし……民事上のトラブルを法的に解決する場合、複数の手続から一つを選ぶことになります」

最後は川端夫妻に向き直り、津原は笑顔で説明を始めた。それは、民事紛争を解決するための手続には通常訴訟、手形小切手訴訟、少額訴訟、裁判外紛争解決手続などがあること、裁判外紛争解決手続は「ＡＤＲ」と呼ばれ、これにも助言、調停、仲裁などの種類があること、和解センターノーサイドでは、その中の「和解あっせん」という方法で紛争の解決を図ること等々で、先月、明日花が初めて津原の元を訪ねた際に受けたものとほぼ同じ。そして、川端夫妻は津原をあっせん人とした和解あっせん手続に同意した。どうやら、先に数人の弁護士に裁判をしたいと相談したものの、断られたようだ。

5

明日花たちが川端家を出たのは、午後二時過ぎだった。再びミニバンに乗り、昼食がまだだったので、駅前の繁華街に移動してレストランに入る。奥のテーブルに着くと、中年の女性店員が、メニューとグラスの水、タオル製のおしぼりを持って来た。明日花はドリア、諏訪部はハンバーグステーキを注文したが、津原はメニューを手に首を捻った。

「この『当店人気No．1』のオムライスと、『本日のおすすめ』のグラタン。どっちにしようかな。値段は、ほぼ同じなんだけど」

「コスパを求めるなら、オムライス。旬の食材とかを楽しみたいなら、グラタンかな」

明日花は即答したが、津原は「それはそうなんだけど」と、さらに悩み始めた。その姿に諏訪部が鼻を鳴らし、女性店員は「お決まりになりましたら、お呼び下さい」と告げてテーブルを離れた。悩み続ける津原に呆れながら、明日花は訊ねた。

「川端さんの件ですけど、本当に和解あっせん手続がベストなんですか？　あの家に問題があるなら、裁判しても勝てるでしょう」

「どうかなあ。さっき川端航平さんが、ご夫妻の不調の原因はシャイニーホームズが有害な建材を使っているからだと言った時、江見さんは『本当ですか？』と訊いたでしょ？　でも航平さんは、担当者は認めないけど、納得できないとしか答えなかった。つまり、明らかな根拠はないってことです」

メニューを見たまま、津原が淡々と返す。

「それは、私も引っかかりましたけど……でも、あそこに引っ越すまで、ご夫妻は健康だったし、暮らしぶりにも問題なさそうなのに。あの家に問題があるとしか」

「敷地面積、約百五平米。建築面積、約七十平米の二階建て3LDK。本体価格、約三千五百万円、土地代込みで七千万円弱ってところだな」

すらすらと、しかし、俯(うつむ)いておしぼりを折り紙のように折ったりたたんだりしながら、諏訪部が言う。「七千万⁉　高(たか)っ」と声を上げ、明日花は続けた。

「まあ、大手電機メーカー勤務と大学講師の共働きなら、ローンを払えるか……どの部屋も素敵でしたけど、航平さんの書斎が印象に残りました」

「航平さんの書斎？　図面を見ましたけど、そんなのありましたっけ？」

顔を上げた津原に問われ、明日花はジャケットのポケットからスマホを出した。画面に、さっき諏訪部に指示され、未散の許可を得て撮影した、川端家の中の写真を表示する。そこに、階段下のスペースにつくられた部屋のカットがあった。

「ここ、本当は物置なんですって。でも航平さんが改造して、仕事や趣味の読書をするための書斎として使ってるそうです。この狭さが、秘密基地っぽくていい感じなんですよ」

そう説明して明日花が見せた写真を覗き、津原は「へえ」と呟(つぶや)いた。部屋は一畳ほどで窓はなく、四方を板張りの壁に囲まれている。その壁の一方に棚を設(しつら)え、最下段の棚板をテーブル代わりにして、本などを載せていた。と、諏訪部が言った。

「仕事に結び付いたから、マージンをもらうぞ。それと、建築紛争には専門家が必要だろ？　和解あっせん人の専門委員として、俺を選任しろ。無論、その報酬は別途請求するし、経費はそっち持ちだ。ここも、津原氏が支払えよ」

ガツガツしてる上に、セコい。心の中で突っ込みつつ、明日花は、そういえば先月、親友の小森玲菜に和解センターノーサイドの話をした際、和解あっせん手続は、専門委員という、トラブルの内容に沿ったプロの力を借りるパターンが多いと聞いたなと思い出す。津原は渋々だが「わかりましたよ」と返し、こう質問した。

「じゃあ、専門委員として、諏訪部さんはどう動きます？」

「決まってるだろ。中立人の言い分を聞いたら、次は相手方だ。この後、シャイニーホームズに行くぞ」

居丈高に返し、諏訪部はおしぼりをテーブルの隅に置いた。気づけば、それはピンと耳の立ったウサギのかたちに、折りたたまれている。

「かわいい！　これ、『おしぼりアート』でしょう？　さすが、手先が器用ですね」

そう感動しかけた明日花だが、ウサギの隣に置かれたものに気づいて黙る。そこには、諏訪部が勝手にたたんだ自分と津原のおしぼりがあり、しかもそれは、タコなのか宇宙人なのか、複数の足がある不気味な生き物のかたちをしていた。

6

食事を済ませ、レストランからほど近いシャイニーホームズに向かった。雑居ビルに入っており、一階がショールーム、二階がオフィスのようだ。一階のドアの上には、「自然素材の家　シャイニーホームズ」と書かれた看板が掲げられていた。

さっき電話で連絡しておいたので、ショールームに入るとすぐ、受付の女性が手前の応接コーナーに案内してくれた。そのテーブルに着き、明日花は部屋の奥を覗いた。

木材の見本を並べた棚や、床と壁、天井を板張りにして家具をセットしたスペースなどが見える。平日の昼間だが、年配の男女が、スカイブルーのジャケットと黒いスラックスの制服を着た社員らしき男性の説明を聞いていた。

諏訪部によると、ここはシャイニーホームズの支社で、本社は隣の武蔵野市にある。社員数は三十名ほどで、いまの社長は創業者の息子。無垢材や天然石、漆喰などを使いながら、他の住宅メーカーと変わらない価格の住宅づくりを売りにしているらしい。

間もなく、三人の男性が応接コーナーにやって来た。

「社長の濱野将志です。ご連絡を受けて、本社から参りました」

最初に名刺を差し出したのは、スーツ姿でがっちりとした体つきの男性。歳は五十過ぎか。続いて、制服姿の男性も名刺を手に、「西東京支社長の中崎祥一と申します」と一礼した。こちらは痩せ型で、歳は三十代後半だろう。そして最後に、

「西東京支社の営業で、川端様を担当しました、城田廉です」

と、中崎と同じ制服姿の男性が頭を下げた。歳は三十代前半ぐらいで、髪を短く刈り込んでいる。津原と諏訪部も三人に名刺を渡し、明日花は「スタッフの江見です」と挨拶して全員でテーブルに着いた。

まず、津原が濱野たちに、川端の和解あっせん申立書を見せた。そして、川端の住宅に対する主張と、事情説明と謝罪、欠陥に応じた住宅の改修と、慰謝料二百万円の支払いを条件に和解に応じるという意向を告げた。それを聞き、濱野は眉をひそめて返した。

「有害な建材と言われても。川端様とは何度もお話をさせていただいて、弊社はホルムアルデヒドやトルエンなどの化学物質を含む接着剤や塗料は使っていませんし、木材も無塗装だとご説明したんですよ。それに、川端様の訴えを受けて検査もしています」

「検査というのは、室内空気環境測定か？ アクティブ法とパッシブ法、どっちだ？」

受付の女性が出してくれたお茶をすすりつつ、諏訪部が問う。それには中崎が、

「もちろん、アクティブ法です。ホルムアルデヒド、アセトアルデヒド、トルエン、

キシレンなどすべて、室内濃度指針値の範囲内でした」

と答え、一枚の書類を諏訪部に渡した。それに目を通した諏訪部は、「そのようだな」と呟く。明日花が脇から覗くと、書類には数字が並んだ表があった。

室内空気環境測定はシックハウス測定とも言われ、建築物内の空気に含まれる化学物質の濃度を測る。吸引ポンプで室内の空気を吸引し、化学物質を捕集するアクティブ法と、室内に捕集剤を吊(つる)すなどして化学物質を吸着させるパッシブ法があり、アクティブ法は、原則VOC測定士という専門の資格がないと行えない。これも、明日花は永都建物の研修で学んだ。

「そちらの測定結果は川端様にもお渡しして、説明もさせていただいたんですが、『数値を改ざんしただろう』と聞く耳持たずで……我々にも、言いたいことはあります。ちゃんと見積もりを出して、納得の上で契約書を交わしたのに、川端様は『木材の等級を上げろ』『家具もつくれ』と後から無茶な注文ばかりつけられて。それでも城田ががんばって、なんとか予算内であの家を建てたんですよ」

途中から恨みがましい口調になり、中崎は訴えた。津原と諏訪部、明日花に視線を向けられ、中崎の隣の城田は「はい」と頷(うなず)き、言った。

「川端様は、経験の浅い僕を信頼して、マイホームを託して下さいました。ですから、絶対いい家を建てようと思いましたし、注文を伺う度にやる気が湧きました」

丸い目を輝かせ、本当にやる気に満ちていたのがわかる。が、顔を曇らせ、こう続けた。

「ですから、あの家のせいでシックハウス症候群になったと言われるのは心外です……実は川端航平様は、煙草を吸われています。奥様には『やめた』と言い、隠してもいたようですが。僕も喫煙者で、一緒に吸ったことがあって、ご本人から聞いたので間違いないです」

明日花は驚き、津原も「それはそれは」と呟き、息をついた。

「煙草には、二百種類以上の有害な化学物質が含まれ、その中には、皮膚炎の発症因子になるものもある」

低い声でそう発言したのは、諏訪部だ。それ見たことかというように、濱野が問う。

「煙草に限らず、生活に問題があって、シックハウス症候群になったんじゃないですか？」

「ざっと調べた限り、それはなさそうだが。写真もある」

諏訪部は答え、隣の明日花を横目で促した。それを受け、明日花はスマホを出して川端家の写真を表示させ、テーブルの向こうの濱野に渡した。濱野は写真を見始め、隣の中崎とその横の城田も立ち上がって覗く。と、しばらくして城田が「あっ」と声を漏らした。

「どうしました？」

そう訊ね、津原も腰を浮かした。が、城田は「いえ、何でもありません」と答えた。

その後、シャイニーホームズは航平の和解あっせん中立を、「弊社は有害な建材は使用しておらず、謝罪や住宅改修、慰謝料の支払いに応じるつもりはありません」と拒否した。津原はそれに「わかりました」とだけ応え、明日花たちとシャイニーホームズを出た。通りの先に停めたミニバンに向かって歩きだすと、諏訪部が言った。

「交渉決裂か。川端航平氏は、もともとアレルギー体質で喫煙者。そこに引っ越しで生活環境が変わり、心身に負担がかかって、皮膚炎やら頭痛やらが起きたんじゃないか？　つまり、あの家に問題はなく、今回の件はシックハウス症候群じゃない」

「でも、シャイニーホームズも何か隠してるって可能性はないですか？　さっきの、私が川端家の写真を見せた時の、城田さんの『あっ』も気になるし。何でもないって言ってたけど、変じゃありませんでした？」

そう訊ね、明日花は隣を見た。しかし、そこを歩く津原は返事の代わりに、

「江見さん。すみませんが、もう一度、川端さんの家に行って下さい」

と告げ、ミニバンに向かう足を速めた。

7

車中、明日花は津原に事情を訊ねたが、のらりくらりとかわされた。そうこうしているうちに川端家に着き、三人でミニバンを降りた。応対した航平と未散は驚きつつも、明日花たちを家に招き入れてくれた。時刻は午後四時を過ぎ、川端家には息子の柊太が幼稚園から帰宅していた。

家に上がった津原は、リビングダイニングキッチンのドアの前で立ち止まった。しかし中には入らず、話しだす。

「さっきの諏訪部さんのお話は、ごもっともです。でも僕がさっき伺ったところ、航平さんに表れている症状は、この家を離れると和らぐそうなんですよ」

「思い込みだろう。この家に問題があると考えてるから、体がそう反応する」

冷ややかに、諏訪部が返す。と、航平が「違います。妻の症状も、外出するとよくなります」と反論し、未散は頷く。柊太は不安げに両親の顔を見上げ、未散の手を摑んだ。彼の丸い顔は母親、小さな口は父親によく似ている。「わかりました」と夫妻をなだめ、津原は話を続けた。

「で、さっきの江見さんの質問ですが……僕も、城田さんの態度は変だと思いました。

なので立ち上がって、彼が反応したのはどの写真か、確認したんです。結果は、そこでした」

そう告げて、津原は片手で廊下の先を指した。明日花と諏訪部、航平、未散、さらに柊太が動かした視線の先には、一枚のドア。階段下の航平の書斎だ。諏訪部が言う。

「物置としてつくったのに改造されてて、驚いたんだろ。さっきの調査じゃ、異常なしだったぞ」

「ですよね。でも念のため、もう一度調べてもらえませんか？」

津原に両手で拝むというベタなポーズで懇願され、諏訪部は顔をしかめながらも歩きだした。他の四人も続き、明日花は航平から再調査の許可を得た。

書斎の前に行き、諏訪部はアーチ形のドアを開けた。部屋の明かりを点し、書斎に入る。そこは狭いだけではなく、急斜面の天井は、一番高いところでも床から百五十センチほどしかない。諏訪部は頭を低くして身を縮め、何やらぶつくさ言いながら部屋の床や壁、天井を調べた。

と、しばらくしてその動きが止まり、津原は「どうしました？」と首を突き出した。しかし返事はなく、明日花も首を突き出して見ると、諏訪部はこちらに大きなお尻を向け、傍らの壁に設えられた棚の下に潜り込んでいる。声をかけようとした時、諏訪部が呟く。

「やられた……俺様としたことが」

「はい？」と訊ねた明日花に、諏訪部はむくりと身を起こして告げた。

「シャイニーホームズの城田氏を呼べ」


城田には、津原が連絡をした。彼を待つ三十分ほどの間に、諏訪部は家の中を調べ直し、建築関係の書類に目を通した。そして城田が駆け付けると、諏訪部は家にいる全員を書斎の前に集めた。一度閉めたドアを開けて明かりも点し、話しだす。

「この家の主な内装建材は、無垢のチーク材。それは間違いない。だが、再調査であることに気づいた。建材の一部には、別の木材が使われている」

「えっ⁉」

航平と未散が同時に言い、間に立つ柊太がその顔を見上げる。城田も言った。

「重量などの関係で、チーク材が適さない場所には他の木材を使っています。施工前にちゃんとお伝えして、ご納得いただきましたよね？」

その通りらしく、航平は「ええまあ」と答える。明日花も、さっき航平は「できるだけ無垢のチーク材を使っています」と話していたのを思い出した。

「そうか？　俺が見たところ、本来チーク材を使うべき場所にも、他の木材が使われていたけどな。しかも、チーク材によく似た木材を選び、天井や床の隅など、目立たない場所に多用してる。たとえば、ここだ」

　諏訪部は言い、手にしたおもちゃの剣を持ち上げて、書斎の中を指した。そこには、壁に据えられた棚の脇に張られた、一枚の木材。幅二十センチ、長さ一メートルほどで、やや赤みを帯び、綺麗な縞模様が入っている。明日花たちが視線を向けると、諏訪部はさらに剣を動かし、「こことここ。それと、こっちもだ」と、棚の周りに張られた別の木材を指した。この剣は柊太のもので、未散の許可を得て借りたのだが、持ち主は不満げだ。

　明日花は身を乗り出して目もこらし、指された木材に見入った。

「周りの木材より、赤みがちょっと強いような。でもさっき諏訪部さんは、この家に使われてるチーク材は、等級が違うものを配してメリハリを付けてるって話してたし、言われなきゃわかりませんよね」

「確かに……で、これは何の木材なんですか？」

　津原の質問に、諏訪部は剣を下ろし、もったい付けるように黙った。が、「いや、それは」と城田が喋りだそうとしたので、口を開いた。

「タイガーウッド……ウッズじゃなく、ウッドだからな……中南米原産の広葉樹で、別名・ムイラカチアラ、またはゴンサロアルベス。チーク同様、硬質で耐久性も高いが安価なので、主にウッドデッキ材やフェンス材として使われている」

その言葉に何か気づいたらしく、津原は「ははあ」と呟いて城田を見た。つられて明日花も視線を動かしたが、城田は何も言わない。

「タイガーウッドを内装建材として使った例がない訳じゃない。問題は、それがウルシ科の植物だったってことだ」

「ウルシって、漆塗りの？」

明日花は驚き、川端夫妻も目を見開く。その反応に満足げに頷き、諏訪部は答えた。

「その通り。ウルシ科の植物には、ウルシオールという成分が含まれ、触れると皮膚炎を起こす。いわゆる、『ウルシかぶれ』だ。かぶれはウルシ科の材木でも起きるが、主に加工時に発生する粉じんによるものだ。完成した家は、床や壁に穴を開けたり、削ったりしなければ、問題はない。だから、城田氏は物置としてつくったこの部屋に、タイガーウッドを多用したんだろう。ところが――」

「航平さんは、物置を書斎に改造してしまった。その時に発生したタイガーウッドの粉じんで、皮膚炎が起きた」

つい明日花は言ってしまい、それが話のオチだったのか、諏訪部にものすごい目でにらまれた。さらに舌打ちまでして、諏訪部は先を続けた。

「そうだ。狭くて窓もなく、通気性の悪いこの部屋で長時間過ごせば、粉じんに含まれたウルシオールにかぶれても無理はない。喫煙習慣やアレルギー体質が、それを悪化させたんだ。頭痛や倦怠感については、未散氏のものも含め、ストレスによるものだろう」

「喫煙習慣？　何それ」

　驚く未散には答えず、航平は城田に問うた。

「今の話は本当ですか？」

「違います。僕は、タイガーウッドなんて使ってない」

「材木を剝がして分析すれば、はっきりする。それに、さっきここを建てた下請けの工務店の社長と電話で話した。社長は、城田氏に施主の了解済みだと言われ、チーク材にタイガーウッドを交ぜて、床や壁に張ったと認めたぞ」

　そう迫り、諏訪部は剣の先を城田に向けた。みるみる顔を強ばらせ、それでも何か言おうとした城田に津原が告げる。

「さっき、江見が撮ったこの家の写真を見て、物置が改造されていると知ったんですね。そして航平さんの皮膚炎の原因に気づき、つい声を漏らしてしまった」

「あっ」

　明日花は言い、振り向いた津原は「そう、それです」とにっこり笑う。驚いただけで、城田の声を再現したつもりはなかったのだが、明日花は「はい」と頷いてしまう。

と、「そうなんですか？　なんで、そんなことを」と航平に迫られ、城田はうわずった声で「すみません！」と返してその場に座り込んだ。そのまま頭を床に擦り付け、土下座をする。

「そんなことしなくていいから、質問に答えて下さい」

続けて未散にも乞われたが、城田は土下座をしたまま、「すみません！」と繰り返した。話の展開について行けず、明日花は津原を見る。すると彼は、

「まあまあ。取りあえず、電話を一本させて下さい」

と言ってジャケットのポケットを探り、スマホを出した。

8

約四時間後、明日花は渋谷にいた。道玄坂のビルに入っているライブハウスで、通りに面したドアは開け放たれ、人が出入りしている。スマホの電子チケットで受付を済ませ、入場した。

天井が高く広いスペースには椅子が並び、若い男女が座っていた。奥のステージに据えられたスクリーンには、アクション映画の予告編が流されていた。イベントの合間なのか、ステージはがらんとして、客たちも話したり、両脇の通路を行き来したりしている。

「明日花」

そう呼ばれて視線を動かすと、椅子の列の中ほどに小森玲菜がいた。明日花は手を振って応え、通路を進んだ。列の手前に座る客の前を会釈して抜け、玲菜の隣の椅子に座る。

「遅くなってごめんね。で、これ、何のイベント？」

「やだ。昨夜、説明したじゃない。『テコンドーヒーロー』って映画の試写会で、映画に出てる選手が来てるの。さっき演舞をやって、このあと模擬試合」

テンションを上げ、玲菜が説明する。「そうなんだ」と応えた明日花だが、胸には「玲菜は、ムエタイの選手に夢中なんじゃなかった？」という疑問も湧く。

「今日は、就職試験のあとバイト？」

パンツスーツ姿の明日花を見て、玲菜が問う。バッグを抱え、明日花は問い返した。

「うん……ねえ、聞いてくれる？」

「いいけど、和解あっせん手続の内容に関わる話はダメだよ。明日花の雇い主である津原さんが、弁護士の守秘義務違反に問われちゃう」

あっさり返され、明日花は「何それ」とぼやく。今日あの後、津原の電話を受けて川端家にやって来たのは、シャイニーホームズの中崎だった。内装に使われたタイガーウッドを確認した彼は、うろたえつつ川端夫妻に謝罪し、津原には「後ほど連絡します」と告げ、城田を連れて立ち去った。そして明日花たちも川端家からニュー東京ビルヂングに戻り、今日のバイトは終わった。

ほどなくして場内が暗くなり、映画の予告編が消えてステージが明るくなった。

「始まるよ！」と玲菜につつかれ、明日花は前を向いた。

勇壮な音楽が流れ、ステージ袖からスーツ姿でマイクを手にした、司会者らしき中年男性と、若い男性の二人組が出て来た。二人組は白い道着姿で腰に黒い帯を締め、一人は両手に赤いグローブをはめ、両足に赤いブーツ風の靴を履いている。もう一人も同じグローブと靴を身につけているが、色は青だ。

進み出た司会者の男性が、二人組はテコンドーのスター選手だと紹介し、客席から拍手が起きる。明日花は問うた。

「テコンドーって、頭と胴体に防具を着けてなかった？　オリンピックの競技にもなってるから知ってるけど、ちゃんと見るのは初めて」

「テコンドーにはいくつか団体があって、ここはより実戦的で武道色が濃いの。だから黒帯は防具を着けないし、試合を意味する組手では、顔面パンチＯＫ……ちなみにあの二人。戦績が上なのは赤いグローブの選手なんだけど、私の推しは青。組手の相手には容赦ないのに、趣味はメダカの繁殖なんだって。萌えるよね～」

途中からはステージ上の両選手に目を向け、玲菜が語る。どちらも凛々しく、歳は明日花たちと同じぐらいか。それから玲菜は、テコンドーは韓国の国技であること、用語には「組手」は「マッソギ」、「始め」は「シジャ」、「やめ」は「クマン」など韓国語が使われていること、またこの団体では、基本一ラウンド二分を二回闘い、ポイントが高い選手が勝利すること等々を説明してくれた。

そうこうしているうちに、模擬試合が始まった。ステージ中央に向かい合って立った両選手は、審判を兼ねているらしい司会者の男性の合図で右足を前に出し、ファイティングポーズを取った。続けてつま先立ちでステップを踏み、相手との間合いを計るように動く。

そして次の瞬間。赤いグローブの選手が右脚で、青いグローブの選手の左肩を蹴った。ぱしん、と乾いた音がして、明日花はその動きの速さと、空中に真っ直ぐ、高々と上げられた脚に驚く。が、ダメージは大きくなかったらしく、一旦立ち止まった青いグローブの選手は、すぐに姿勢を正して動きだした。と思いきや、青いグローブの選手は左脚を軸に後ろ向きにくるりと一回転し、右脚を振り上げて赤いグローブの選手の胸を蹴った。客席がどよめき、玲菜が声を上げる。

「入った！」

「えっ。今の、回し蹴り？」

動きに目が追い付かず、明日花は問う。ステージでは、蹴りの衝撃で後退した赤いグローブの選手を青いグローブの選手が追いかけ、その顔面にパンチを繰り出している。と、玲菜はすっくと立ち上がり、叫んだ。

「ナイスファイト！　いけいけ！」

ぎょっとして、明日花は「ちょっと」と声をかけた。しかし玲菜は構わず、

「動き止めんな！　前出ろ、前！」

とさらに叫ぶ。ドスを効かせまくった声と、鋭い眼差し。一方、身につけているのはパステルカラーのツインニットと、花柄のフレアスカートだ。その落差に驚いたように、周りの客がこちらを見る。明日花はそれに「すみません」と頭を下げたが、玲菜はステージに向かって声を張り上げ続けている。

おっとりした天然キャラが、ひいきの格闘技の選手を応援する時には猛々しく豹変。それが玲菜で、慣れているつもりの明日花だが、目の当たりにするとたじろいでしまう。

「あ、そうだ」

唐突に素に戻り、玲菜が言った。立ったまま顔だけを向け、明日花に告げる。

「知ってる？　津原さんって、前は有名な弁護士事務所にいたんだって。企業法務が専門のところで、所長さんは『無罪の神様』って言われてる有名人らしいよ」

「じゃあ、そこを辞めて和解センターノーサイドを始めたってこと？　なんで？」

「さあ。区役所の仕事で、弁護士さんに会ったの。津原さんを知ってるか訊いてみたら、そう言われた」

明日花が「ふうん」と呟くと、玲菜はこう付け加えた。

「でも、和解あっせん手続専門の事務所なんて珍しいし、相当な思い入れか事情があるんだと思うよ。普通の弁護士さんみたいに、債務整理とか離婚や相続の代理人をしてれば仕事に困らないし、ちゃんと稼げるはずだもん」

その通りだと思い、明日花は頭を巡らそうとした。が、状況が状況なのでそうもいかず、

「思い入れか事情か」

とだけ呟く。玲菜は顔を前に戻し、応援を再開した。ステージ上では赤いグローブの選手が反撃し、模擬試合は激しさを増していった。

9

ドアを押し開けて後ろを振り向き、津原元基は頭を下げた。

「お疲れ様でした」

が、そこに立つ川端航平と未散夫妻、シャイニーホームズの濱野将志社長と中崎祥

一西東京支社長は無言。会釈だけを返して津原の前を抜け、外の通りに出る。そして厳しい表情で、通りを夫妻は右、濱野たちは左に歩きだした。津原が首を動かし、人混みに紛れていく四人の背中を見送っていると、ドアの手前にいる諏訪部英心が口を開いた。

「交渉決裂アゲイン。予想は付いてたけどな」

冷笑とともに告げ、彼の定位置である、壁際に並んだテーブルの一つに向かう。ここはニュー東京ビルヂングのラウンジで、諏訪部の隣と、さらにその隣のテーブルには戸嶋光聖と紅林千草が着き、ドア横のバーカウンターのスツールには清宮隆一郎が座っている。時刻は午後二時過ぎだ。

諏訪部の紹介で、西東京市に出向いたのが二日前。川端航平からの和解あっせん手続の同意はスムーズに得られ、彼の皮膚炎他の原因は、諏訪部の調査でその日のうちに解明した。そして昨日。シャイニーホームズの中崎から連絡があり、城田に改めて話を聞いたところ、「施工の途中で、予算オーバーだと気づいた。帳尻を合わせようと、内装建材にタイガーウッドを交ぜて使った」と打ち明けたという。

それを受け、津原は航平と相談して和解あっせん申立書を作り直し、中崎と濱野に見せた。すると濱野は、和解あっせん手続に同意したので、第一回の審理を今日の午後一時に、このビルの四階にある和解センターノーサイドで行うと決めた。

そして先ほど、和解あっせん人の津原が運営し、専門委員の諏訪部の同席のもと、審理が行われた。城田は体調不良で欠席という話だったが、会社に出勤停止を命じられたのだろう。

手続の流れに則り、津原はまず中立人・相手方双方から事実関係と事情を聴取した。続いて、和解にあたっての航平の新たな条件は、謝罪と皮膚炎ほかの治療費の負担、さらに健康上の不安を理由とした、問題の住宅の買い取りだと告げた。濱野はこれを承諾したが、住宅の買い取り金額として提示したのは、三千五百万円だった。

航平があの家に支払った代金は、土地込みで七千万円弱。当然、彼は「ローンもあるし、冗談じゃない」と提示を拒否。すると中崎が、「川端様は、内装建材にチーク以外の材木も使うことを承認していた。城田に説明義務違反などの違法行為はなく、弊社にも彼の使用者責任はない」と反論。濱野も、「今回の事件は、城田が独断でしたこと。住宅は買い取るが、会社としての体面もあり、提示した金額以上は払えない」と主張した。これを聞いた航平、さらに未散も怒りだし、津原は必死になだめたものの聞く耳を持たずで、審理は終了となった。

「まあ、相手方の言い分も、事実ではあるんだよな」

バーカウンターの清宮の隣に座った津原の耳に、諏訪部の声が届く。シャイニーホームズの二人を相手方とぼかしたのは、ラウンジにいる他の人たちの手前だろう。カウンターで司法試験の勉強中の清宮はともかく、戸嶋と紅林はスマホやタブレット端末を弄りつつ、こちらの会話に聞き耳を立てている。振り向き、津原は応えた。

「ええ。明日また、当事者と話しましょう」

「わかった。車で西東京市に行くなら、運転手はバイトのあいつだな」

「あいつって、明日花ちゃんだろ？　今日も就職試験のはずだけど、上手くいったかな」

「さあねえ。また、グループディスカッションでやらかさなきゃいいけど」

話題が変わり、守秘義務には抵触しないと判断したのか、戸嶋と紅林がやり取りに加わった。戸嶋は黒いジャージ、紅林はベージュのパンツスーツ姿だ。

「俺の持論は、『家は人なり』。しかし、これまでに得た、あいつの家の情報と人格には乖離がみられる。あの融通の利かなさには、家が関与してるな」

したり顔でそう断言した諏訪部に、戸嶋が「また適当なこと言って」と突っ込みを入れる。しかし紅林は、「それ、鋭いかも」と頷き、こう続けた。

「家っていうか、家庭、家族って感じだけどね。臨床心理士的にも、あの頑なさには、何かある気がする。津原さん、どう？」

「どうと言われても」

津原は笑い、質問をかわした。諏訪部たちの分析はなるほどと思うが、仕事柄、もっと融通が利かず、頑なな人間を大勢知っている。それに、江見明日花には整理整頓の名人という面もあり、彼女が通うようになってから、和解センターノーサイドの事務所は目に見えてきれいになった。津原がそんなことを考えていると、諏訪部は言った。

「とにかく、今回の事件がどうなろうと、マージンと報酬はもらうからな」

「はいはい。でも、最初の調査でミスした分は、引きますよ。お互い、プロですから」

それが川端家のタイガーウッドを見落としたことだと気づいたらしく、諏訪部はにらみ返してはきたが、何も言わない。

和解センターノーサイドの料金は、紛争の解決金に準じて設定している。解決金が十万円から三百万円未満の場合、その五パーセントをもらい、十万円未満の場合は一律五千円だ。また、解決金が三百万円以上なら、三パーセントをもらう。和解が不成立だった場合も、あっせん手続の申立の手数料を請求するが、一万円だ。

じきに、事務所の家賃の引き落としだな。あと、江見さんにバイト代も払わないと。そう浮かび、ため息をつきそうになった津原だが、頭を切り替えて先のことを考えた。

問題は、あの家をどうするかだ。中崎さんの言う通り、今回の事件でシャイニーホームズ側に法的な責任はない。でも道義として、五百万円程度の慰謝料の支払いと、川端家のタイガーウッドの除去工事は請求できる。その上で、航平さんにあの家で暮らすことを勧めようか？……いや。航平さんは今後、自分と家族の体に異変があれば、必ずあの家と結びつける。結局、あそこは売却することになるはずで、なら早い方がいい。シャイニーホームズの体面を保ちつつ、川端一家が安心して新生活を始められる落とし所は、どこだ？

そこまで考えた時、津原の耳に「こんにちは、津原です」という自分の声が聞こえた。気づけば、戸嶋が手にしたスマホを紅林と諏訪部が覗き、笑っている。

「また、僕の配信番組を見てるんですか？　物好きですねえ」

「いいじゃん。何度見ても笑えるし」

あっけらかんと答え、戸嶋はスマホの画面を弄った。映像を早送りしたらしく、今度は「――しかし、このｅｄｇｅさん。バンクシーと同じように、正体不明」という司会の女性の声が聞こえる。うんざりして「勘弁して下さいよ」と返そうとした矢先、津原の頭に一つの閃きがあった。それをきっかけに頭の中の回路が次々とつながり、ある結論が導き出される。スツールを下り、津原は問うた。

「諏訪部さん。この前、東都美術大学卒だと言いましたよね？」

「ああ。それがどうかしたか？」

怪訝そうに、諏訪部が問い返す。手応えを覚え、津原は「続きは事務所で」と諏訪部を促して階段に向かった。

10

ハンドルを切り、明日花は駐車スペースにミニバンを停めた。津原と諏訪部が降車し、明日花も続く。三人でコインパーキングの敷地を出ると、前方からスーツ姿の男性が歩いて来た。それが城田だと気づき、明日花ははっとしたが、津原は、

「おはようございます。お呼び立てして、すみません」

と微笑みかけた。「おはようございます」と返した城田だが、気まずそうにこう続けた。

「言われた通り、会社に無許可で来ちゃいましたけど、大丈夫ですか？」

「大丈夫。行きましょう」

明るく答え、津原は城田の背中を押して歩きだした。後に続いた明日花は、隣に「どうなってるんですか？」と囁き（ささや）かけた。が、そこを歩く諏訪部からは、鼻を鳴らす音が返ってきただけだ。

昨日の就職試験も、上手くいかなかった。落ち込みながら今朝、明日花はいつも通り午前九時に和解センターノーサイドに出勤した。すると津原に「打ち合わせで川端家に行きます。車は清宮さんに借りたので、運転をお願いします」と言われ、ここま

でやって来た。

少し歩いて角を曲がると、通りの先にある川端家の前に人影が見えた。それが揉み合う航平と中崎だと気づき、明日花たちは小走りになった。ジャンパーにジーンズ姿の航平が、両手で中崎のスーツのジャケットの襟を鷲摑みにしている。傍らには、うろたえた様子の未散もいた。その前に辿り着き、津原は穏やかに語りかけた。

「おはようございます。どうしました？」

「どうもこうもありませんよ。あれを見て下さい」

そう答え、航平は中崎のジャケットの襟から手を放して自宅を指した。つられて、津原と明日花、諏訪部、さらに城田が視線を動かす。

狭い敷地いっぱいに建つ、壁が板張りの二階家。それは三日前に来た時と変わりない。しかしその壁の真ん中、庭に面した一階の掃き出し窓の上に、巨大な絵が描かれている。それは二頭の牡鹿で、頭を下げて立派な角をぶつけ合い、闘っている。そして、その角の上部からは植物の蔓のようなものが無数に伸び、家の前壁から側壁を覆い尽くすように広がっていた。加えて、蔓のそこかしこから、葉や花を付けた枝が伸びている。すべてシルエットで描かれ、使われている塗料も白一色だ。呆然と絵を見る明日花の耳に、航平の声が聞こえた。

「ここ数日、一家で埼玉にある妻の実家に泊まっているんです。ところが今朝、近所の人から『お宅がいたずら描きされてる』と連絡があって、駆け付けました。そうしたら、中崎さんがいて」

「記録のために、お宅の外観の写真を撮りに来たと説明したでしょう。いたずら描きを見て、こちらも驚いたんですから」

怒りを含んだ声で、中崎が言い返す。振り向いた明日花の目に、答えに詰まり、通りの手前に立つ城田を見る航平が映った。

「なら、あなたですか？」

「違います！　そもそも、僕にこんな絵は描けません」

首をぶんぶんと横に振り、城田が弁明する。「落ち着きましょう」と津原が言い、明日花は航平たちと絵を交互に見た。

「あの雰囲気、見覚えがあるんですけど。ひょっとして、ｅｄｇｅの絵？　本物？」

誰にともなく問いかけながら、三日前、津原が出演した配信番組で取り上げた絵を思い出す。型紙を使ったらしい手法と、コントラストの強いタッチがそっくりだ。と、隣で舌打ちの音がして、諏訪部が口を開いた。

「本物に決まってるだろう。俺が本人に依頼したんだから、間違いない」

「本人に依頼⁉」

明日花は声を上げ、航平も見開いた目を諏訪部に向ける。未散と城田、中崎も驚いた様子だ。「ご説明します」と告げ、津原が語りだす。

「航平さんはこの家の売却を望み、シャイニーホームズはそれに応える意向ですが、買い取り価格の折り合いが付きません。そこで僕は、航平さんが納得できる価格で、この家を買ってくれる第三者を見つければいいと考えました。しかし残念ながらこの家は、いわゆる瑕疵物件。元の状態では、安く買い叩かれてしまいます。でも瑕疵以上の魅力、付加価値をつければどうでしょう？」

最後にそう問いかけ、津原は一同を見渡した。明日花は訊ねる。

「その付加価値が、あの絵？」

「はい。先日のやり取りで、諏訪部さんはｅｄｇｅさんの噂にあるのと同じ、東都美術大学出身とわかりました。そこで諏訪部さんに確認したところ、運のいいことに、お二人は同時期に在学した友人だったんです」

目を輝かせて津原が説明し、それに諏訪部も加わる。

「ｅｄｇｅ氏とは学年も学科も違うが、孤高の天才という共通点で親しくなった。昨日、津原氏の案を聞いて連絡したら、ｅｄｇｅ氏は『面白そうだ』と乗ってきた」

孤高の天才……諏訪部さんは、変わり者すぎて浮いてただけって気もするけど。明日花はつい心の中で突っ込んだが、諏訪部はしたり顔で続けた。

「しかし、依頼したその夜に描くとはな。俺はｅｄｇｅ氏に、『家主に趣旨を説明し、許可を得てから』と言ったんだぞ」

「そこはアーティストですから。創作意欲に火が点いたら、止められないんでしょう。その情熱が伝わってくる、素晴らしい絵です」

微笑んで言い、津原は視線を川端家に戻した。それにつられて、明日花も川端家の絵を見直す。闘う牡鹿は、航平とシャイニーホームズの暗喩で、その角から伸びる、葉と花をつけた蔓は、争いからも希望や未来は生まれるという、edgeからのメッセージか。が、川端夫妻はそれどころではないらしく、津原に訴えた。

「冗談じゃありませんよ。勝手にこんなことして、どうするつもりですか？」

「本当に、本物なんですか？　こんないたずら描きのある家、欲しがる人がいるんでしょうか」

未散が疑問を呈し、その背中を航平がなだめるようにさする。場に重たい空気が流れ、自責の念を覚えたのか、城田が頭を下げた。

「申し訳ありません。全部、僕のせいです」

険しい顔で何か言い返そうとした航平に、津原が告げる。

「城田さんとは、昨夜じっくりお話ししました。彼は大工として働いたあと、シャイニーホームズに入社したそうです。慣れない営業職で苦労して、ようやく契約を取れたお客様が、川端さんだったとか。なので、ご夫妻の注文は、無茶と感じるものでも聞いてしまった。予算オーバーには、そういう事情もあったようです」

「私たちが悪いって言いたいんですか？　わかっていれば、注文なんて付けませんでしたよ。そもそも、会社がちゃんと監督しないから」

未散の肩に手をやり、航平は捲し立てた。すかさず、中崎も応戦する。

「しましたよ。しかし城田が、『大丈夫』『任せて下さい』と言うから――」

「すみません！　僕があんなことをしなければ。会社を辞めて、どんな罰も受けます」

声を裏返し、城田はその場に座り込もうとした。もう土下座はさせたくないとよぎり、明日花も会話に加わる。

「あんなことっていうのは、内装建材にタイガーウッドを使った件ですよね。それもダメだけど、城田さんの一番の間違いは、予算オーバーを内緒にしちゃったことって気がします。どうして、正直に話さなかったんですか？」

これまでの流れで浮かんだ疑問を、ストレートに投げかけた。航平と中崎が食い入るように見つめる中、城田は顔を上げた。涙で濡れた目で明日花を見て、答える。

「航平さんと未散さんは、僕が『大丈夫です』と応えると、すごく嬉しそうな顔をしてくれたんです。それに、会社にも早く結果を出して一人前だと認めて欲しかった。それで、無理なことにもつい大丈夫と言ってしまい、気づいたら取り返しのつかない状態に」

とたんに、航平と中崎がはっとした。二人とも、城田の言葉に心当たりがあるのだろう。

要は、期待に応えたかったってことか。なら、わかるな。明日花は思い、頭に永都建物を辞める原因となった事件が起きる前、所属部署の部長にかけられた言葉がよぎった。加えて、最初にシャイニーホームズで会った時、「絶対いい家を建てようと思いましたし、注文を伺う度にやる気が湧きました」と目を輝かせていた城田の姿が浮かぶ。

でも、間違いは間違いだけど。そうも浮かび、明日花がもやもやとしていると、諏訪部が言った。

「三日前に、この家を建てた工務店の社長と話したと言っただろう？　いま思い出したんだが、社長はこうも話してた……『施主さんがオプションでつけた注文は、ほとんど城田さんが工事したんです。毎日現場に来て、仕事が終わった後や休みの日も同じ』とな」

航平と中崎、未散が黙り込んだ。場に収まりの悪い空気が流れ、明日花は何を言ったらいいのか迷う。その時、着信音がした。ポケットを探り、スマホを取り出したのは津原。スマホの画面を覗（のぞ）く彼に、諏訪部が訊ねる。

「動いたか？」

「ええ」と頷き、津原は顔を上げて航平たちにスマホを掲げた。

「ｅｄｇｅさんが、ご自分のＳＮＳに、作品としてこの家の画像をアップしました。買い手を求めているという文言も添えて、連絡先として僕のアカウントを貼ってもらったところ、早速ファンの方から反応がありました」

そう説明する間も、津原のスマホの着信音は鳴りっぱなし。その軽く明るい音に、航平と未散は啞然とし、城田と中崎は顔を見合わせた。明日花も呆然と津原を見る。

ふん、と諏訪部が満足げに鼻を鳴らした。

11

「では。よくわかんねえけど、津原さんとこの案件が無事に終わったのを祝して……乾杯！」

そう音頭を取り、戸嶋は手にした缶ビールを持ち上げた。明日花はそれに倣い、津原と諏訪部、紅林、清宮も「乾杯」と缶ビールを掲げた。夜の空気に、アルミ缶が軽くぶつかり合うくぐもった音が響く。ここは、ニュー東京ビルヂングの屋上で、時刻はちょうど午後七時だ。

明日花がここに来るのは先月の事件の時以来で、戸嶋によると、ときどきテナントの人たちで飲み会やバーベキューパーティをするそうだ。改めて眺めると意外と広く、周りをビルに囲まれているが、広い通りに面しているので開放感があり、空も見えた。足元には手すり壁と同じレンガが敷かれ、そこにテーブルと椅子が置かれている。今は、奥にある大きめのテーブルに、ランタン型の懐中電灯と缶ビール、紙コップ、紙皿に盛った料理やスナック菓子の袋などが並べられていた。気温は六度ほどしかないが、みんな厚着をしているのと、オープンカフェなどでよく見る、パラソル型のヒーターが置かれているので寒さはさほど感じない。明日花はテーブルに着き、他の五人と話しながらビールを飲み、つまみを食べた。

川端家の前での一件から、約十日。あのあと間もなく、明日花、城田も出席して第二回の審理が行われ、川端航平とシャイニーホームズの間には和解が成立した。その和解書には、シャイニーホームズが航平に慰謝料百万円を支払うこと、住宅内のタイガーウッドの除去を無償で行うことが記され、さらに航平は口頭で「城田さんには、しかるべきペナルティーを受けた上で、会社に留まって欲しい。そして予算内でいい家を建て、施主さんに嬉しい顔をさせてあげて下さい」と告げ、シャイニーホームズの濱野はこれを承諾した。驚く城田に航平は、「無茶な注文をし過ぎたと、反省しています。煙草のことも、妻に打ち明けました」と頭を下げ、濱野も「励ましや期待が、負担になっていたのかもしれない。営業の体制を見直すよ」と告げた。これに城田は、感極まった様子で「ありがとうございます」と頭を下げた。

そして問題の家は、近々売却される予定だ。あの後もSNSの津原のアカウントには、川端家を買い取りたいというファンからの連絡が続いた。中でも熱心だったのが海外の富裕層で、結果、価格は高騰。最終的に、シンガポールの財閥系のアートコレクターが、日本円で約九千万で買い取ることになったそうだ。まさかの展開に、航平と未散は呆然としつつ、「当分は賃貸で暮らして、慎重に新居を探します。もちろん、煙草はやめます」と語り、津原と諏訪部、明日花に礼を言って和解センターノーサイドを後にした。

向かいの戸嶋と紅林、清宮が会話に夢中なのを確認し、明日花は隣に語りかけた。

「城田さんのしたことは間違ってるけど犯罪じゃないし、社内のペナルティーを受けた上で、出直すというなら納得できます。でも、家の壁に絵を描くのは無茶すぎませんか？　しかも、家主に無断って……津原さん。あの時、『そこは、アーティストですから』とか言ってたけど、ｅｄｇｅさんに絵を描いてもらうと思いついた時点で、航平さんには事後承諾のつもりだったんじゃないですか？」

「いやいや」と笑った津原だが、はっきり否定しない。それではと、明日花は津原の隣の諏訪部にも問いかけた。

「絶妙なタイミングで、城田さんがあの家のオプション工事を自分でやってたってエピを語りましたよね。あれで航平さんたちの気持ちが動いた感じだし、ひょっとして、狙ってやったとか？」

　すると諏訪部は「バカ言え」と鼻を鳴らし、こう続けた。

「俺は、聞いた話を伝えただけだ。そもそも、紛争を簡単に、素早く、かつ公正に解決するのが、和解あっせん手続だ。あっせん人または専門委員が、中立人・相手方のどちらかに肩入れしたら、手続は成立しない……だろ？　津原氏」

「おっしゃる通りです」

　笑みとともに、津原が答える。上手くはぐらかされた気がして、明日花は返す言葉を探した。が、諏訪部は素早く話題を変えた。

「しかし、いい絵だったな。当事者の気持ちを動かしたのは、あの絵の力だろう」

「諏訪部さんが、ｅｄｇｅさんを説得してくれたお陰ですよ。絵を描くのを引き受けてもらえるかどうかは、一か八かの賭けでしたから」

「なら、最初の調査のミスは、あの絵でチャラだな。マージンと報酬は、満額支払ってもらうぞ。『お互い、プロですから』」

　そう津原に告げ、諏訪部は満足げに贅肉が付いた顎を上げた。最後のワンフレーズが津原の物真似らしいという以外は訳がわからず、明日花は二人を見る。と、「ちょっと」と声がして、明日花たちは顔を上げた。いつの間に移動したのか、戸嶋たちが通りに面した手すり壁の前に立っている。

「あっちのビルの人たちが、こっちを羨ましそうに見てるんだよ」

そう説明し、戸嶋は窓に煌々と明かりを点した、大通りの向かいのビルを指した。

そして前に向き直り、「残業なんかやめて、こっちで呑もうぜ！」と叫んだ。その姿に清宮は笑い、紅林は「あんた、もう酔っ払ってんの？」と呆れる。すると津原も楽しげに笑い、缶ビールを手に立ち上がった。諏訪部も倣い、明日花は、「まだ、話が終わってませんよ」と訴えたが、二人とも戸嶋たちのところに行ってしまった。

津原さんと呑むのは初めてだし、この場を借りて、とことん話し合おうと思ったのに。そう頭に浮かび、明日花ががっかりしていると、入れ替わりで紅林がテーブルに戻って来た。

「明日花ちゃん。白黒はっきりもいいけど、敢えて相手を泳がすって手もあるわよ。ビジネスとか恋愛とか、それでことを上手く運べたりするの」

明日花は「はあ」と相づちを打ち、紅林さんは、さっきの私と津原さんたちの話を聞いていたのかなと思う。

しかし確かに今回、津原は写真を見た城田の反応で、川端家の書斎には何かあると気づきつつ、その場で彼を問いただささなかった。さらに前回も、事件の裏には岩貞取締役がいると察しながら、高部を泳がせた。そしてどちらの事件も、最終的に和解を成立させている。そう悟り、明日花ははっとする。同時に、このあいだ親友の玲菜に聞いた、津原は以前、有名な弁護士事務所にいたという話も思い出した。

ひょっとして、前に紅林が言ったように、津原はやり手なのだろうか。ふとよぎる一方、相変わらず摑み所がなく、胡散臭い人だとも感じる。

とにかく、ちょっと興味が湧いてきた。明日花は思い、視線を前に戻した。それに気づいたのか、津原は振り向いて笑い、缶ビールを掲げて見せた。明日花も笑い返し、テーブルの上の缶ビールを取って掲げた。

CASE3

ビクトリーよりハッピー!?

1

あくびがこみ上げ、江見明日花は口を開いた。とたんに、

「あの」

と声をかけられ、慌てて口を閉じて顔を上げた。自分が着いた机の向かい側に、小さな女の子を連れた若い夫婦が立っている。三人に微笑みかけ、明日花は問うた。

「はい。ご相談ですか？」

「いえ。めぐリンと、写真が撮りたいんですけど」

夫婦の妻の方が答える。またかと脱力した明日花だが、笑みを保ち「撮影会の受付は、向こうです」と、奥のホールを指した。三人が去り、明日花は息をついた。

「お客さん、来ませんねえ」

そう語りかけ、後ろを向く。そこには高さ一メートルほどのパーティションがあり、その向こうに置かれたテーブルには、弁護士の津原元基が着いている。

「お客さんじゃなく、相談者ですね……それだけ、トラブルを抱えてる人がいないっ

てことでしょう。喜ばしいじゃないですか」

パーティション越しに、津原が答えた。のんびりした声に、紙コップのコーヒーをすする音が続く。パーティションと明日花の机の前面には、「無料法律相談」と書かれた垂れ幕が取り付けられている。

ここは、東京の南西部に位置する区にある区民センター。日曜日の今日、ここでは区が主催するイベントが行われている。その一つに区民向けの無料法律相談があり、津原に依頼がきた。明日花も受付兼お茶汲み係として同行し、朝の九時から、区民センターのエントランスロビーに設えられたこのブースにいるのだが、相談者はほとんど来ない。来場者たちのお目当ては、ショーに出演するタレントと、地元のゆるキャラ・めぐリンの着ぐるみらしい。

パンプスの足で床を蹴り、明日花はキャスター付きの椅子に座ったまま、パーティションの前まで下がった。

「これも、前に紅林さんが言ってた日銭を稼ぐためのバイトですか？　離婚問題の交渉とか、普通の弁護士みたいな仕事をすれば、お金に困らないのに。あっという間に十二月ですけど、今月に入ってから、和解あっせん手続の申立をした人はゼロですよね。やっぱりみんな、訴訟とか裁判とか、スパッと白黒つく方がいいんですよ」

小声で語りかけながら、頭には先月、渋谷のライブハウスで、幼なじみ兼親友の小森玲菜から聞いた話が蘇る。すると、津原はこう答えた。

「スパッと白黒つくのと、依頼者が満足するかどうかは別ですよ。裁判で勝ったからといって、幸福になるとも限らないし。僕はビクトリーより、ハッピーを重視したいんです」

「ビクトリーより、ハッピーねえ……それでいいのかなあ。もやっとするなあ」

「あっという間に十二月といえば、江見さんの就職活動はいかがですか？　最近は、不動産業界以外の会社の試験も受けていると聞きましたが」

「ええ。選択肢を広げてみようと思って」

明るく答えた明日花だが、不動産関係の企業は全滅で、他業種の就職試験も受けざるを得なくなったというのが現実だ。永都建物にもらった慰謝料の三百万円はあるものの、年末も近づきつつあり、焦りは増す。と、今日のバイト代に休日出勤手当は付くのかとよぎり、明日花は津原に確認しようとした。すると、

「あ、いたいた」

と聞き覚えのある声がして、顔を前に戻した。

家族連れや若者のグループなどが行き来するエントランスロビーの出入口の前に、女性が立っていた。ロングヘアに赤いニットのワンピースという格好だが、額にすだれ状に下ろした前髪と、腰に締めた金色のチェーンベルトにバブル臭が漂う。明日花

の母・茉子、五十二歳だ。

ぎょっとして口を開こうとした明日花より早く、茉子は後ろを向いて、「こっちこっち」と手招きをした。さらにぎょっとした明日花の目に、出入口からエントランスロビーに進み入る、二人の男性が映る。前を行く、襟をピンと立てた長袖のポロシャツにケミカルウォッシュのジーンズ姿の方は、明日花の父・亮太、五十五歳。続く、すらりとした体に人気ストリートブランドのロゴ入りパーカーとパンツをまとった方は、明日花の兄・万太郎、二十六歳だ。

「うそ」と呟き、明日花は立ち上がって歩きだそうとした。が、焦るあまり脚がもつれ、その間に茉子と亮太、万太郎は机に歩み寄って来た。

「お疲れ」

まず亮太が言い、片手を上げた。冬なのに、日焼けでテカる肌。背中にかけたセーターの袖を両肩に垂らし、脇の下にはセカンドバッグを挟むという、茉子に負けず劣らずのバブルファッション。続けて茉子が、「すごいじゃない。がんばってるじゃない」と騒ぎ、「無料法律相談」の垂れ幕を覗き、机上のパンフレットを手に取った。一方、二人の後ろの万太郎は、なぜかそわそわした様子で周囲を見ている。何とか机の前に辿り着き、明日花は訊ねた。

「なんで?」

「なんでって、家はすぐそこだし。出かけるついでに、明日花の顔を見ていこうかって」

　茉子がしれっと答え、明日花が「でも、仕事中だから」と返そうとした時、

「どうしました？」

と、パーティションの奥から津原が出て来た。明日花が「いえ、どうもしません」と答えている間に、茉子は「あらあら」と身を乗り出した。

「明日花の母でございます。娘がお世話になって……夫と長男です」

　会釈しつつ捲し立て、他の二人を指す。亮太は「どうも」と軽いノリで手を上げ、万太郎はそわそわしたまま頭を下げる。その三人を見返し、津原は丁寧に一礼した。

「津原元基と申します。週末に娘さんを駆り出してしまい、申し訳ありません……お出かけですか？」

「ええ。赤プリでランチしようかって話になって。結婚前、僕ら夫婦は、クリスマスイブにあそこに一泊するのがお約束だったんですよ」

　そう答えたのは、亮太だ。「ちょっと」と止めようとした明日花を遮り、茉子も言う。

「そうそう。ルームサービスでシャンパンをとって、バラの花束とティファニーのジュエリーをプレゼントしてもらってね。で、翌朝チェックアウトする時に、翌年のイ

ブの予約を入れるの」

「素敵ですね」と返した津原だが、その口元にはいつもの薄い笑みが浮かんでいる。猛烈に恥ずかしくなり、明日花は茉子と亮太に「仕事中だから」と繰り返し、こう告げた。

「赤プリって、赤坂プリンスホテルのこと？　なら、十年以上前に取り壊されたから」

「えっ⁉」

二人が声を揃えて驚く。予想通りの反応だったので、明日花は、

「でも、跡地に建ったビルにもホテルが入ってるから、そこでランチしたら？　週末は混むはずだし、早く行った方がいいよ」

とテンポよく続け、出入口を指した。すると二人は「そうね」「だな」と納得し、津原に挨拶して来た道を戻りだした。が、万太郎はその場に留まり、まだそわそわきょろきょろしている。「どうしたの？」と問うた明日花を見て、問い返す。

「玲菜ちゃんは？　今日、明日花がここに来たのは、彼女の紹介なんだろ？」

「そうだけど、いないよ。玲菜がいる部署は、今日のイベントとは関係ないから」

そう明日花が答えたとたん、万太郎は露骨にがっかりした顔をした。そして、「じゃ、いいや。がんばって」とおざなりに告げ、茉子たちの後を追った。その背中を見送りながら、明日花はそういうことかと脱力する。

小森玲菜は、彼女と明日花の地元であるこの区の区役所に勤務している。その玲菜から「日曜日のイベントで法律相談をしてくれる予定だった弁護士さんが、急病でダメになっちゃった。明日花のバイト先の先生に来てもらえない？」と連絡があったのが、二日前。津原に伝えたところ、「喜んで」とのことで、今日のこの場となった。そして、兄・万太郎はかれこれ十年、玲菜に片思いをしている。本人に確認した訳ではないが、何でも顔に出る性格なので、間違いない。

三人が区民センターを出るのを確認し、明日花は津原に「すみません」と頭を下げた。

「いいえ。ご家族に挨拶ができて、よかったです。日曜日にお出かけなんて、仲がいいんですね。羨(うらや)ましいです」

笑顔でそう返す津原に、「ええまあ」と頷(うなず)いた明日花だが、頭には「確かに仲はいいです。でも、お出かけは日曜日だけじゃなく、たびたび。三日に一度は、ランチやらショッピングやらに行ってます。なぜなら、みんなヒマだから」と浮かび、ため息が漏れる。

亮太はマルチクリエイター、茉子は美容系インフルエンサーを名乗っているが、その感性はバブル期のまま。当然双方売れっ子とは言えず、美容師免許を持つ茉子が知人のサロンを手伝い、生計を立てている。自宅は古い賃貸マンションだし、蓄えなどもないだろう。それだけで明日花は頭が痛く、心配も絶えないのに、さらにもう一人、万太郎がいる。

自称・トレンドスポッターの万太郎は、根は優しい性格だが、センスがいまいち。その上、見た目がよく、周りにちやほやされて育ったせいか、万事適当で、何でも誰かが何とかしてくれると考えている。玲菜に対しても、本人はたびたびアプローチを試みているが、いかんせん詰めが甘い。玲菜の天然キャラもあいまって、まったく気づかれていないというのが現実だ。明日花がそんなことを考えていると、津原は言った。

「じきにお昼だし、僕らもランチにしましょうか。ここは江見さんの地元なんですよね。お勧めの店を教えて下さい」

この人も、うちの家族に負けず劣らず呑気だな。そう思いつつ、店のピックアップを始めた明日花だが、ふと浮かび、訊ねた。

「津原さんのご家族は、どんな感じですか？」

「普通ですよ」

「またまた。私のを見たんだから、教えて下さいよ」

先月の西東京市の事件以降、津原に興味が湧いてきたので食い下がる。が、津原は『私のを』って……本当に普通ですよ」と笑い、明日花は「どう普通なのか、具体的に」とさらに食い下がった。と、津原は顔を前に戻して会釈をした。

「こんにちは。ご相談ですか？」

つられて明日花もそちらを向き、机の前に立つ男性に気づく。セミロングの髪にスパイラルパーマをかけ、すらりとした体をしゃれたニットと細身のパンツに包んでいる。「はい」と応えながらも周囲を気にしている男性に、津原は「どうぞ、こちらに」と声をかけてパーティションの奥に誘った。明日花も立ち上がり、机の上から相談内容を記入してもらう書類とペンを取る。

津原と男性は向かい合ってテーブルに着き、話しだした。明日花はそれを、お茶出しをしたり、パーティション越しに耳を澄ませたりして聞き、男性は桑野篤正、四十六歳だとわかった。この区在住で、老舗デパートの花房百貨店に勤務し、二年前に妻の万里、四十四歳と協議離婚したそうだ。二人の間には高校一年生の息子・純矢がおり、離婚後は万里と暮らすことになったが、月に一度、桑野と面会させると取り決めたという。ところが三カ月ほど前から、万里は純矢のスケジュールや体調を理由に、面会を取りやめるようになった。悩んでいたところ今日の無料法律相談を知り、やって来たらしい。

「それは心配ですね」

話を聞き終え、津原は言った。テーブルの手前に座った桑野が、沈んだ声で応える。

「はい。純矢はサッカーが得意で、Jリーグの『ヴォルテックス東京』のユースチームに入っています。勉強も得意で学習塾にも通っているので、忙しいというのは、わかります。でも、あまりに面会のキャンセルが続くので、万里は意図的に僕と純矢を会わせないようにしてるのかなと」

「意図的？　また、どうして？」

津原の問いかけに、桑野は、少し気まずそうにこう説明した。

「僕らの離婚のきっかけは、純矢の進路問題なんです。せっかくここまでがんばって来たんだし、僕は純矢をサッカーに集中させて、プロを目指して欲しいんです。でも万里は、学業優先で、大学に進学するべきだという考えで」

「なるほど」

「でも、確認した訳じゃないんですよ。万里とは、離婚後は一度も会ってませんし、純矢とも、彼女を通じて連絡を取る約束です。万里とは、主にメッセージアプリで連絡を取り合っていたんですが、面会を取りやめるようになった頃から、僕がメッセージを送っても既読スルーされるようになりました」

「ご記入いただいた書類によると、離婚時には弁護士を立てたんですね。で、万里さんが純矢くんの親権者になり、面会の取り決めをした。その際、弁護士から、離婚で親権を失った親の面会交流権についての説明はありましたか？」

津原が質問を始め、明日花は机に着いて前を向いたまま耳をそばだてた。正午を過ぎ、お腹は空いているが、話が気になる。桑野は「ええ」と言い、こう続けた。

「面会交流の取り決めが守られなかった場合、裁判所を通じて強制執行の手続を取れるとか、慰謝料を請求できるとか、最悪、親権を変更できるとか、説明してもらいました。純矢に会えなくなって、万里にもそれを伝えましたが、音沙汰なしで。向こうの家や、純矢の学校に行こうとも考えたんですが、ストーカー扱いされたらもっとまずいことになると思って、やめました」

「賢明です。今回の件について、桑野さんはどんな解決をお望みですか？」

「もちろん、前のように純矢と会えるようにして欲しいです。万里が拒否するというなら、訴えます」

初めからそのつもりで来たらしく、桑野は即答した。明日花はそりゃそうだろうと思ったが、津原の返事はこうだった。

「う〜ん。それは、やめた方がいいかも」

「なんで!?」

明日花はつい声を上げ、後ろを向いてしまう。驚いたように桑野が黙り、津原は、「すみません。お気になさらず」と謝罪した。慌てて明日花も、パーティションの向こうの二人に、「すみません」と頭を下げたが、気持ちは収まらない。それは桑野も同じらしく、津原に問うた。

「なぜですか？　調べたんですけど、面会交流は法律で定められた権利なんですよね。なら、それを守らないのは犯罪でしょう？」

「それが、違うんですよ。犯罪の定義は、『刑法に規定された社会に対する危険行為』。一方、面会交流権が定められているのは民法766条なので、不法行為ではあっても、犯罪にはあたりません。なので、今回の件を司法に委ねる場合、家庭裁判所に『面会交流調停』の申立をして、それが不成立なら『面会交流審判』で裁判官の判断を仰ぐことになります」

淀みなく説明され、桑野は驚いたように「そうなんですか」と返す。「ええ」と頷く気配があり、津原は「しかし」と続けた。

「申立をしてから調停が始まるまでには、一、二カ月かかります。始まった後も、調停は月一回だけで、通常、三回から五回は行われます。さらに審判になった場合、その期間は一カ月半から二カ月。つまり、調停で主張が認められても、純矢くんに会えるのは約半年後ということになります」

半年!?　明日花は驚き、桑野も「そんなに待てません！」と声を上げる。すると津原は、「ですよね」と返し、話しだした。

「司法の世界には、裁判所を使わずにトラブルを解決する方法もあります。その一つが、和解あっせん手続。簡単、迅速、そのうえ公正に問題を解決できます……じきにクリスマスだし、あっという間にお正月ですよね。純矢くんに、プレゼントやお年玉を渡したくありませんか？」

その淡々としながらも思わせぶりで、微妙に圧も漂う口調に、明日花は呆れる。先月の事件で興味は湧いたけど、やっぱりこの人、胡散臭い。そうよぎった時、桑野が応えた。

「そりゃ渡したいですよ。でも、本当に解決できるんですか？　和解あっせん手続って、初めて聞きましたけど」

「では、ご説明しましょう」

待ち構えていたように津原が返す。明日花の頭には、いつもの薄い笑みを浮かべた彼の姿が浮かんだ。

そして津原は、明日花が聞くのはこれで三度目の、裁判外紛争解決手続、通称「ADR」についての説明を行い、自らの事務所・和解センターノーサイドで行う、和解あっせん手続についてもレクチャーした。桑野はそれを熱心に聞き、スマホにメモを取る様子もあった。しかし、ここは無料の法律相談の場ということもあり、まずは津原が桑野夫妻の協議離婚を担当した弁護士に事情を聞くということで、話は終わった。

2

翌日の月曜日、午後三時過ぎ。明日花は津原と、東京・四谷にいた。

桑野の話によると、彼と万里の協議離婚を担当したのは、四谷三丁目法律事務所の滝中寿樹という弁護士だった。そこで今朝、津原が滝中に連絡して事情を説明したところ、面会のアポイントが取れた。

「ゴージャスって訳じゃないけど、弁護士事務所っぽくていいですね」

周囲を眺め、明日花は言った。四谷三丁目法律事務所は雑居ビルの七階で、中に入るとスタッフの女性がこの応接室に通してくれた。ソファセットと観葉植物が置かれ、壁際の棚には法律関係の本が並んでいる。一部がガラス張りになった壁の向こうには、机に着いた五、六名の弁護士、またはスタッフと思しき男女の姿も見えた。

「何より、掃除と整理整頓が行き届いてるし。ボスの人柄が、表れるんでしょうねえ」

つい、いまだに片付けが終わらない和解センターノーサイドの事務所と比べてしまい、ため息が漏れる。が、隣の津原は出されたお茶をすすり、「ですかねえ」と他人事だ。

「それはそうと、江見さん。今回は車ではなく電車移動ですし、事務所で待っていてもらっても構わなかったんですよ」

「桑野さんの話を聞いちゃったし、気になるんですよ。それに、私が和解センターノーサイドに通う本当の目的は、津原さんの仕事ぶりを見て話し合うことですから」

胸を張って返すと、津原は「なるほど」とだけ言い、またお茶をすすった。一緒に動いていいってこと？　なんかこう、いちいち煮え切らないのよね。そうよぎり、明日花がもやっとした時、ノックの音がしてドアが開いた。

「お待たせしました」

そう言って応接室に入って来たのは、小柄小太りの中年男性。後ろにもう一人、女性もいた。津原と明日花は立ち上がり、入室した二人はソファの脇に来る。

「滝中と申します。こちらは、桑野篤正さんの元奥様の武藤万里さんです。津原先生からご連絡があったとお伝えしたところ、おいで下さいました」

滝中が言い、名刺を差し出しながら隣を指した。そこに立つ万里は、小柄な美人。セミロングの髪をダークブラウンに染め、黒いベロアのブラウスに銀色のプリーツカートとファッショナブルな印象だ。

桑野さんもおしゃれだったし、ハイセンス夫婦、いや、元夫婦か。そう明日花が考えている間に、津原は滝中と名刺を交換して万里にも渡し、明日花を「スタッフです」と紹介した。四人向かい合ってソファに座り、追加のお茶を運んで来た女性が退室するのを待ち、津原は口を開いた。

「万里さんにもご足労頂き、申し訳ありません。桑野さんからは、出版社にお勤めと伺っていますが、大丈夫ですか？」

「ええ。あまり、時間はないんですが」

万里は硬い表情でそう答え、隣の滝中が、

「お問い合わせの件について、ご自分で説明したいと、お仕事を抜けて来て下さいました」

と補足した。ダークスーツを着た彼のジャケットの左襟には、弁護士バッジが光っている。向かいの津原も左胸に同じバッジを付けているが、オリーブグリーンのロングカーディガンと、ベージュのカットソーという格好だ。その津原は、「わかりました。では、手短に」と返し、足元に置いたナイロン製のショルダーバッグからファイルを出して開いた。

その後、津原は昨日の桑野の訴えを改めて伝え、事実関係を確認した。結果、桑野と万里が知人の紹介で知り合い、二十年ほど前に結婚したとわかった。共働きで協力して家事をこなし、純矢を育ててきたが、彼にプロのサッカー選手への道にチャレンジさせるべきだという桑野と、成績優秀でもあるゆえ、大学に進学させたいという万里で意見が対立し、純矢にも理由を説明した上で、二年前に離婚をしたそうだ。

「離婚の原因が浮気やDVなどではないこともあり、財産分与、年金分割、息子さんの親権や養育費などの話し合いはスムーズに進みました。慰謝料の請求もありません」

事実確認が終わると、滝中がそう説明した。津原は「了解です」と頷(うなず)き、万里に問うた。

「しかし、今も純矢くんの進路について、万里さんと桑野さんは意見が対立したままなんですよね？」

「ええまあ。純矢本人が『サッカーも勉強もがんばる』と言うので、そうさせていますけど。だから、すごく忙しくてたまの休みも疲れて寝ています。それが面会のキャンセルの理由で、それは桑野にもちゃんと説明したし、わかってくれていると思ってました」

流行(はやり)の淡色でアーチ形に描かれた眉(まゆ)をひそめ、万里は答えた。話の筋は通ってるけど、と明日花は思い、隣の津原はさらに問うた。

「桑野さんからは、万里さんとは離婚後も連絡は取り合っているものの、一度も会っていないと伺っています。私と滝中さんが同席しますので、桑野さんと会って、お話しされてはいかがですか？」

「それはちょっと。会えば言い合いになるし、桑野の様子は、面会交流から戻ると純矢が話してくれるんです。塾は時間のロスだとか、その分、ライバルに差を付けられてるとか言ってるらしくて、変わらないなと思いましたけど」と相づちを打つ。滝中が言ったため息交じりに万里が説明し、津原は「それはそれは」と相づちを打つ。滝中が言った。

「面会交流の取りやめの件は、私も桑野さんから連絡を受けました。その都度、万里さんとお話しして、一度は純矢くんとも会っています。しかし、本当にサッカーと塾で忙しいようですよ……客観的に見て、万里さんも桑野さんも、純矢くんの幸せを最優先に考えていらっしゃいます。その上で、桑野さんには、しばらく状況を見守っていただくというのが、最善策ではないでしょうか」

そう話をまとめ、丸い目で万里と津原を交互に見る。返事が気になり、明日花も隣を見た。が、津原は「そうですか」とだけ返し、「お時間をいただき、ありがとうございました」と向かいの二人に微笑みかけて席を立った。

3

四谷三丁目法律事務所を出た後、明日花と津原は電車で新橋に戻った。既に陽は暮れ、冷え込んでいる。明日花は白いダウンコートの襟を立て、薄茶色のダッフルコートを着た津原に続き、駅からの道を歩いた。ニュー東京ビルヂングの出入口の手前まで来た時、あるものが目に留まった。

それは、通りの端に停まった黒塗りの大きな車。車に詳しくない明日花でも、ボンネットの中央に据えられた特徴的なエンブレムで、ロールス・ロイスだとわかる。運転席には、両手に白手袋をはめた男性も乗っていた。その脇を抜けて、明日花は前に語りかけた。

「どこかの社長さんの車でしょうか。あるいは大物芸能人？ ここに停まってるってことは、ニュー東京ビルヂングの誰かのお客さんだったりして」

「多分、紅林さんのクライエントですよ。いわゆるVIPも多いようなので」

淡々と返し、津原は出入口のドアに歩み寄った。「へえ」と感心しながら、明日花も続く。津原を「やり手よ」と評していた紅林だが、彼女も同じということか。紅林千草は臨床心理士で、このビルの三階にオフィスを構えている。

津原がドアを開け、二人でビルのロビー兼ラウンジに入った。広い室内は、間接照明の柔らかな光に照らされている。

「お帰りなさい」

ドアの横にあるバーカウンターから、にこにこと声をかけてきたのは、清宮隆一郎。ビル管理士で、このビルの管理人だ。いつものようにスツールに腰かけ、カウンターに開いた参考書で司法試験の勉強中だ。津原は「ただいま戻りました」と応えてバーカウンターに歩み寄り、明日花も会釈を返してバーの脇の壁際に目を向けた。が、そこに並ぶテーブルは無人。紅林さんはカウンセリング中だとして、他の人は？　そう思った直後、

「わかる。わかるよ、クワちゃん」

と声がして、明日花は視線を動かした。

声の主の戸嶋光聖は、部屋の奥に置かれた楕円形のテーブルに着いていた。戸嶋は弁理士で、このビルの二階で開業している。ライトブラウンのツーブロックヘアに、オーバーサイズの白いジャージという格好で、隣に座る男性の肩に手を置いている。そして、その男性は桑野篤正だった。驚く明日花の脇を抜け、津原が彼らのテーブルに歩み寄る。

「いらしていたんですか。この後、ご連絡しようと思っていました」

「突然すみません。万里から電話があって、滝中さんのところで津原さんと会ったと聞いたんです。落ち着かなくて、仕事を切り上げて来てしまいました」

恥ずかしそうに告げ、桑野はスパイラルパーマの前髪を掻き上げた。今日は細身のシルエットの、濃紺に黒いストライプの三つ揃い姿だ。「そうですか」と返し、津原はダッフルコートを脱いで、桑野の向かいに座った。津原が自分の隣の椅子を引いてくれたので、明日花もダウンコートを脱いで腰かける。と、戸嶋が言った。

「クワちゃん、それ当然。大事な一人息子に、三カ月も会えてねえってんだから。元嫁はなに考えて——あ、津原さんたちの留守中、俺らがこの人のお相手をしてたから」

調子よく捲し立て、「俺ら」と言う時には、立てた親指で桑野とは反対側の隣を指す。そこには、長い髪を頭の後ろで小さなポニーテールに結い、ずんぐりした体を黒い服で包んだ中年男。戸嶋の隣室にアトリエを構える一級建築士・諏訪部英心だ。気づけば、テーブルの上にはコーヒーが入ったカップが三つ、置かれている。「それはどうも」と津原は会釈し、戸嶋はさらに語った。

「聞けばこの人、花房百貨店勤務だっていうじゃん。うちのママ、じゃねえ、かあちゃんが、あそこの外商の客なんだよ。だもんで、すっかり打ち解けて、抱えてるトラブルも聞いちまって、今じゃ、クワちゃん、コウちゃんの仲よ」

そう話を締め、戸嶋は「な？」と桑野に笑いかけた。「はい」と返した桑野だが、その笑みは明らかに営業用だ。見た目と話し方はいかつい戸嶋だが、それは「元ヤンキー」という肩書きで仕事をとるためのポーズで、紅林曰く、「ビジネスヤンキー」。実は慶應義塾大学を卒業し、世田谷の実家で暮らすボンボンらしく、「ママ」「外商」といったキーワードにもそれが表れている。

「……俺を、エイちゃんを忘れるな」

陰にこもった声に、その場の全員が目を向けた先には、諏訪部。上目遣いで恨めしげに戸嶋を見た後、桑野に問いかける。

「クワちゃん氏の家。ウォーターサーバーと、羽根なしのファンヒーターがあるな?」

「ありますけど……それが何か?」

怪訝そうに問い返す桑野に、諏訪部はぐふふと笑うだけ。呆れながら代わりに、

「気にしないで下さい」と答えた明日花だが、確かにハイセンスな桑野なら、ウォーターサーバーも羽根なしファンヒーターも持っていそうだと思い、諏訪部は不気味だが、指摘は鋭いと感心する。

と、津原が「本題ですが」と話を元に戻し、桑野は表情を深刻なものに変えた。それを合図に、戸嶋と諏訪部が立ち上がって定位置のバーカウンターの前のテーブルに移動する。

「万里は、僕が津原さんに相談したことが、不服なようです。さっき電話で話した時、『何度も連絡したのに無視するから』と言い返したら、『ごめん』と謝ってましたけど、そのあとメッセージアプリで純矢の様子を訊いたら、既読スルーされました」

不満げに、桑野が話しだした。津原は「そうですか」と頷き、こう続けた。

「今日の面談でも万里さんは、桑野さんと純矢くんの面会が果たせない理由は、サッカーと塾だと繰り返されていました。滝中さんもそれは事実で、桑野さんにはしばらく状況を見守って欲しいとおっしゃっていました」

「それも聞きました。でも、納得できません。いま、純矢はトップチームに上がれるかどうかの正念場なんです。実は僕もむかしサッカーをやっててプロを目指していたんですが、親が許してくれなくて大学に進みました。だから純矢には、チャンスに賭けて欲しくて、『塾でロスした分は、集中力で補え』『三倍練習すれば、ライバルに追いつける』と発破をかけてます……親バカもいいところですね。すみません」

桑野は恥ずかしそうに話を締めくくったが、津原はノーリアクション。何か考えるような顔をしている。代わりに明日花が、「そんなことありませんよ」とフォローすると、桑野はさらに続けた。

「そもそも、純矢がサッカーと塾で忙しいのは、前からなんです。だから時間をやりくりして面会して、純矢もそれを楽しみにしてくれていました。万里は、何か隠しているんじゃないですか？　たとえば……男とか」

とたんに、「それな」と戸嶋が騒ぐ。明日花が脱力すると、津原は視線を桑野に戻した。

「現時点では、何とも。確認することは可能ですが、中立をしていただかないと。昨日ご説明した、紛争の和解あっせん手続です。こちらが、その書類」

淀みなくそう告げ、足元のショルダーバッグから和解あっせん申立書を取り出し、テーブルの桑野の前に置く。続けて、高そうな万年筆も取り出してキャップを取って向かいに差し出し、こう言って微笑みかけた。

「お困りでしたら、何なりと」

しばらく呆気に取られていた桑野だが、覚悟を決めたように頷き、万年筆を取って申立書に記入を始めた。

4

走って来たタクシーが、狭い通りの端に停まった。そこに建つビルの前に立っていた女性たちが一斉に顔を上げ、タクシーを見る。つられて、道を挟んだ斜め向かいに立つ明日花も通りを見たが、タクシーから降り立ったのは、ダッフルコート姿の津原。たちまち、女性たちは「なんだ」という顔になり、視線をビルの玄関や、手にしたスマホに戻した。タクシーは走り去り、明日花は小声で、「津原さん」と呼びかける。

「お疲れ様です」と会釈し、津原は歩み寄って来た。ここは東京・青山の裏通りで、時刻は午後六時前だ。

「すごいですね。彼女たちは、いわゆる『追っかけ』ですか?」

女性たちを見やり、津原が呑気に問う。その数三十人ほどで、ビルを取り囲むようにして立っている。みんな若く、ほとんどが十代だろう。「ええ」と頷き、明日花は返した。

「さっき電話で説明した通り、あのビルは人気の男性アイドルが大勢所属する、芸能プロダクションの本社なんです。多分、アイドルの誰かが中にいるんだと思いますよ」

「ははあ。寒空の下、がんばりますねえ……で、どうですか？」

「どうもこうも……なんか、万里さんに申し訳なくて。弁護士って、探偵の真似事まですするんですか？　それ以前に、バイトの範疇を超えてる気がするんですけど」

声を潜めつつ、明日花は疑問と不安をぶつけた。すると津原は、「お疲れ様です」と笑って繰り返し、ダッフルコートの左右のポケットから缶入りのコーヒーとほうじ茶を出し、「どっちにします？」と差し出した。迷わず、「こっち」とほうじ茶を取った明日花だが、釈然としない。

三日前。あのあと桑野は、和解あっせん申立書に住所氏名、申立の理由と紛争の内容を書き込み、津原と相談しながら、紛争の事実関係の説明と謝罪、純矢との面会交流の速やかな再開が和解の条件で、慰謝料は十万円だとも記した。慰謝料について、桑野は「いらない。お金の問題じゃない」と言い張ったが、「面会交流権を侵害され、精神的な苦痛を受けたのは事実ですから、請求すべきです。十万円は、今回のようなトラブルでは最低限の金額ですし、和解後の使い道、たとえば万里さんに返すなども、桑野さんの自由です」と説得され、渋々ながらも了解した。

作業を終えた桑野は帰宅し、津原は四谷三丁目法律事務所の滝中に連絡した。桑野が和解あっせん申立書にサインをしたと伝えると、滝中は困惑しつつも「紛争を家裁に持ち込むよりは」と、万里を説得して手続への同意を取り付けてくれた。

そして翌朝。出勤した明日花に津原は「和解にあたっての材料を集めます」と告げ、万里の素行調査を指示した。明日花は驚き、「無理です」と断ったが、津原に「江見さんが離婚問題の交渉をすればお金に困らないと言うから、今回の件を受けたのに」と返され、やらざるを得なくなった。

ほうじ茶はホットで、飲むと冷えた体が温まった。気持ちも少し落ち着いたので、明日花は隣でコーヒーを飲む津原に報告をした。

「万里さんは、今朝も九時に渋谷区の笹塚にある自宅マンションを出ました。純矢くんは見かけませんでしたけど、もっと早い時間に登校してるんだと思います」

「でしょうね……昨日、部屋に誰か残っていないか確認するようにお願いしましたが」

「ちゃんとやりましたよ。三階だから窓を見るしかないけど、明かりは消えていたし、人の気配もありませんでした……で、万里さんが電車で、銀座にある勤務先の出版社に着いたのが、午前十時前。社内での行動はわかりませんけど、午後一時頃、同僚らしき女性二人と出て来て、近くのカフェでランチをとりました。四十分後に一人でタクシーを拾って乗り込んだので、私も別のタクシーに乗って、『前の車をつけて下さい』なんて、刑事ドラマみたいな台詞を——あ、タクシー代は後で精算して下さいね」

スマホのメモアプリを見ながら迫ると、津原は「わかってますよ」と苦笑した。それを確認し、明日花は報告を続けた。

「着いたのは六本木の高級ホテルで、えっ、と思ったんですけど、万里さんが入ったのはラウンジ。年配の男性と落ち合ったので、バレない程度に近いテーブルに着いて聞き耳を立ててました。書体や紙質がどうのって話してたので、仕事の打ち合わせですね。一時間ぐらいでその人と別れ、地下鉄に乗って、午後四時半頃このビルに入っていま、って感じです」

「恐らく、今も打ち合わせ中でしょう。桑野さんの話では、万里さんはファッション雑誌の編集者でしたが、離婚を機に、時間の融通が利きやすい書籍の編集部に移ったそうです。エッセイや写真集などを、つくっているとか」

「へえ。確かに、一昨日は午後六時には会社を出て、スーパーで買い物して家に帰っていました。昨夜は渋谷で接待っぽい会食に参加してたけど、午後九時前に一人でお店を出て、塾帰りの純矢くんと落ち合って帰宅してたし。今日も、そろそろ出て来るはずですよ」

そう返し、明日花はスマホの時計とビルを見比べた。昨夜、ちらりと見た純矢は、万里似のイケメンだった。「わかりました」と頷き、津原は問うた。

「移動中の万里さんの様子は？　誰かと、連絡を取りあったりしませんでしたか？」

「ええ。電話とメッセージアプリで何度か。でも、帽子とメガネで変装して万里さんに接近して聞き耳を立てたり、スマホの画面を覗いてみたりしましたけど、敬語だったし、仕事のやり取りだけだったと思いますよ」

「了解です」と応えた津原に、明日花は問うた。

「何か気になります？　三日間調べましたけど、男がどうのっていうのは、桑野さんの考えすぎなんじゃないかなあ。そんな気配はないし、万里さんの通勤用のバッグはいつもパンパンで、家でも仕事をしてるっぽいですよ」

桑野を気の毒に思う反面、バリバリと仕事をこなす万里はカッコよく、純矢と一緒のときの無邪気な笑顔も、魅力的だと感じる。私も再就職してバリバリやりたいのにできないから、余計そう感じるのかな。ふとよぎり、明日花が落ち込みかけると、津原は、

「いえ。万里さんの異性関係については同感ですし、念のために訊きました」

と笑った。この笑顔が胡散臭さの根源なのよね、と明日花が津原を見た直後、通りの斜め向かいで動きがあった。芸能プロダクションのビルのドアが開き、誰かが出て来る。それはチャコールグレーのコート姿の女性で、出待ちの女性たちはがっかりし

た様子だったが、明日花は声を上げた。

「紅林さん！」

「明日花ちゃん⁉ やだ、津原さんも。こんなところで何してるの？」

驚いて訊ね、紅林はヒールの音を響かせて通りを横切り、明日花たちの元に来た。

「仕事でちょっと。紅林さんこそ、どうしたんですか？」

「こっちも仕事よ。出張カウンセリングってやつ」

「えっ……ひょっとして、カウンセリングの相手って」

好奇心が湧き、明日花は身を乗り出した。出待ちの女性たちが目に入り、頭には、このビルの芸能プロダクションに所属する、男性アイドルたちの顔が浮かぶ。が、紅林は意味深にふふふと笑い、「昼間、ラウンジで戸嶋くんが、クワちゃんがどうのって騒いでたわよ。『ダチなんだよ。津原さんに、何とかして欲しいんだよ』とかなんとか」と話を変えた。「がんばります」と笑う津原に、明日花は訊ねた。

「で、どうします？ 滝中さんの言う通り、ちょっと静観した方がいい気がしますけど、桑野さんは納得しないだろうなあ。となると、紛争は家庭裁判所行き？」

「それはちょっと。今回の場合、紛争を家庭裁判所に持ち込めば、審判で強制執行の手続が取られるかもしれません。でも強制といっても、裁判官や執行官が、子どもを家から連れ出せる訳ではないんですよ」

「そうなんですか。じゃあ、慰謝料の請求か、親権の変更？」

すると津原は「それもなあ」と首を捻り、こう続けた。

「家族に関わる紛争は、どう決着するか以上に、なぜ揉めたのかという理由の特定が重要になります。どうしてだか、わかりますか？」

「ええと」と頭を巡らせた明日花だが、とっさには浮かばない。諦めて「わかりません」と返そうとした矢先、紅林が答えた。

「簡単よ。また同じことが起きるから。紛争は終わっても、家族はずっと家族でしょ」

明日花は「そうか。さすがは、紅林さん」と感心し、津原に「正解ですか？」と振った。「ええ」と頷きかけた津原だが、ふいに真剣な顔になり、言った。

「紅林さんに、お願いがあります」

と、その時またビルのドアが開き、大きく膨らんだバッグを肩にかけた万里が出て来た。

5

二つの靴音が、ニュー東京ビルヂングの階段の上から聞こえてきた。それに反応し、明日花は楕円形のテーブルから立ち上がり、隣の津原も振り向く。間もなく、大理石づくりの階段を、紅林と万里が下りて来た。ラウンジに入った二人に、明日花は会釈した。

「お疲れ様でした」

紅林は「お疲れ」と手をあげ、万里は無言で会釈を返した。万里はそのまま出入口のドアに向かい、紅林に「僕が見送ります」という合図らしき目配せをした津原が、席を立って彼女を追う。二人がドアを出ると、紅林はバーカウンターに向かった。

「これにて、本日の業務は終了……明日花ちゃん。悪いんだけど、ビール出してくれる？ そこの冷蔵庫に入ってるから」

「はい」と返し、明日花もバーカウンターに歩み寄って内側の厨房に入る。身をかがめ、紅林が「そこ」と示した小型の冷蔵庫から缶ビールを出した。後ろの棚からグラスを取り、カウンターの向かいに着いた紅林の前に置く。缶を開け、グラスにビールを注いだ。

「上手いわね。泡がきれい」

「前の職場は接待が多かったから、お酌の練習をしたんです」

明日花が返すと、紅林は「そういうことか」と頷き、グラスを取ってビールを飲んだ。「く〜っ、うまい！」とおじさんっぽい声を上げる彼女を、明日花はカウンター越しに笑って眺める。

昨日の津原の「お願い」は、紅林に今回の事件の専門委員になってもらい、桑野たちを個別にカウンセリングして欲しいというものだった。紅林はこれを受け、桑野たちも津原が「和解のため」と説明すると、渋々ながらOKした。そしてさっそく今日の夕方、桑野、万里の順に紅林の事務所にやって来て、カウンセリングを受けた。今は午後九時過ぎだ。

紅林がビールを一気に半分飲んでグラスを置いたところで、明日花は問うた。

「カウンセリングって、具体的にどんなことをするんですか？」

「定義としては、心理の専門家が、クライエントが抱える問題を否定や批判をせず聞き、問題が解決するようにサポートすること。そのために、クライエントの話にうなずくとか、相づちを打つとか、解釈するとかの技法があるんだけど、人それぞれね。そもそも、カウンセリングって、この資格が必要って法律で決まってる訳じゃないの。公的資格として、私が持ってる臨床心理士、国家資格には公認心理師があるけど、他にも、民間の団体が認定する資格がたくさん」

「へえ。紅林さんは、なぜいまの仕事に？」

このビルの前で見たロールス・ロイスや、追っかけに囲まれた芸能プロダクションのビルを思い出し、明日花はさらに問うた。紅林が即答する。

「昔から、物事を整理するのが得意なのよ。自分だけじゃなく、人についてもそうだから、悩んでる友だちとかに『それって、こういうことじゃない？』って言うと、『ああ、そうか』って気持ちが落ち着いたり、解決策が見つかったりしたの。で、偶然、それは要約っていうカウンセリングの技法の一つだと知って興味が湧いて、大学で臨床心理学を専攻したってわけ」

「私も、物事を整理するのは得意な方です。むしろ、とっちらかったり、はっきりしなかったりするのが苦手で、我慢できないって感じかな」

そう返した明日花の頭には、いつまで経っても片付かない和解センターノーサイドの事務所と、こちらの質問に迷うか、のらりくらりとかわしてばかりの津原の顔が浮かぶ。紅林は「だと思った」と返し、言った。

「私たち、似てるわよね。まあ、私は明日花ちゃんほど徹底してないけど。年の功っていうの？　さんざん失敗したし……とくに男関係」

最後のワンフレーズは眉根を寄せて言い、それに明日花が「たとえば？」と食い付いた直後、ドアが開いて津原が戻って来た。

「万里さんは帰られました。それと、第一回の審理は二日後の日曜日の午後一時に、和解センターノーサイドの事務所で行うと決まりました」

そう告げて、紅林の隣のスツールに座る。外で万里と話している間に冷えたのか、身につけた芥子色のロングカーディガンの前を合わせている。明日花は「はい」と頷き、津原は隣に告げた。

「カウンセリングの所見を聞かせて下さい」

「桑野さんは、自分もサッカーをやってたけど、断念して大学に進んだんでしょ？　だから、サッカーと勉強の両立で大変な純矢くんに、若い頃の自分を重ねてるわね」

迷いのない口調で、紅林は答えた。それをふんふんと聞き、津原は訊ねた。

「万里さんは？」

「まず、桑野さんが疑ってるっていう、男どうこうはない。仕事と純矢くんで、頭がいっぱいだもの。彼女が純矢くんを大学に進ませたいのは、『仕事柄、俳優や歌手をたくさん見てて、夢を叶えられるのは一握りだと知ってます。しっかり勉強して、将来の選択肢を増やして欲しい』からですって。正論ではあるけど、自分の価値観を押しつけてる傾向があって、過干渉ってやつかな。要は、桑野さんも万里さんも、子離れできてないってことね」

クールに答え、紅林は再びグラスを口に運んだ。すると津原は、

「ある意味、どっちもどっちな訳ですね」

と独りごとのように言い、顔を前に向けた。何を考えているんだろうと、明日花がその顔に見入った時、紅林が話を変えた。

「で、どうする？　第一回の審理では、桑野さんたちに事実関係を確認するだけじゃ

なく、和解の方向性も提示しなきゃいけないんでしょ？」

「そうなんですよ。どうしましょうかねえ」

笑みを浮かべ、他人事のように返す津原に明日花は呆れ、紅林も苦笑して言う。

「確実なのは、夫婦とか親子とか、知り尽くしてると思う相手ほど、実はよく知らないってことね」

そして、「でしょ？」と津原と明日花の目を覗いた。「はあ」と返した明日花だが、ピンとこない。津原も同じかと見ると、厳しい顔で俯いている。意外に思い、明日花が口を開こうとした矢先、ぎいと音がして、ラウンジのドアが開いた。ひょいと顔を覗かせたのは、清宮。こちらを見て、にっこり笑った。

「よかった。みなさん、まだ、いらっしゃいましたね。忘れ物を取りに来たら、この方が外をうろうろされていたので、お連れしました……どうぞ」

最後は後ろに呼びかけ、ドアが閉まらないように押さえながらラウンジに入る。そして明日花たちが注視する中、清宮に続いて入って来たのは、通学用らしき濃紺のピーコートにリュックサックを背負った少年。

「純矢くん!?」

驚いて呼びかけた明日花を、武藤純矢も驚いたように見て会釈をした。

6

ラウンジに入って来た少年を見てすぐ、津原元基は、それが武藤万里と桑野篤正の息子だと気づいた。彫りの深い整った顔立ちは万里、すらりとした体は桑野と似ていたからだ。案の定、江見明日花が「純矢くん!?」と彼の名を呼んだので、津原はスツールを下りた。

「こんばんは。弁護士の津原です。お母さんは少し前に帰宅されましたが、待ち合わせでしたか?」

笑顔で語りかけたが、武藤純矢は「いえ」と返し、落ち着かない様子で室内を見回した。何かあるなと津原が察した時、純矢をここに連れて来た清宮隆一郎が問うた。

「お砂糖を多めに入れた、温かいココアはお好きですか?」

「はい」

とっさにといった様子で、純矢が答える。すると清宮はにっこりと笑い、「私もです。いま淹れますから、お待ち下さい」と告げた。すかさず、津原は「あそこに座りましょう」とラウンジの奥に置かれた楕円形のテーブルを指して歩きだした。純矢が続くのを確認し、視線で清宮に礼を言い、紅林千草には目配せをする。意図を理解したらしく、紅林もスツールを下りた。

「臨床心理士の紅林です。お母さんは、さっきまで私と会ってたのよ。心配するといけないから、純矢くんがここにいるって連絡してもいい？」

スマホを片手にくだけた調子で訊ねると、純矢は首を横に振って答えた。

「それはちょっと……今日は塾の日で、お母さんには『帰りに、自習室で勉強する』って言ってあるから、大丈夫です」

紅林も何かあると察したらしく、「わかった」とだけ返してスマホをしまい、テーブルに歩み寄って来た。彼女と純矢がテーブルの奥に並んで座り、津原はその向かい側の席に着いた。明日花もカウンターを出て歩み寄って来たので、津原は自分の隣の椅子を引いてやる。

「私は江見明日花といって、津原さんの事務所のバイトなの。純矢くんは、お母さんにそっくりね。ひと目で、息子さんだってわかったもの」

椅子に座るなり、明日花は捲し立てた。その勢いと、やや言い訳がましい口調に警戒したのか、純矢は「はあ」とだけ返す。ピーコートを脱いでリュックサックも下ろし、濃紺のブレザーの制服姿だ。やれやれと思いつつ、津原は話を戻した。

「お母さんでないなら、お父さんに会いにいらしたんでしょうか」

純矢は「はい」と頷き、一緒にフロント部分を額に下ろした艶やかな黒髪が揺れた。

「でも、塾を出るのが遅くなって。お父さんも、もう帰っちゃったんでしょう?」

「ええ。残念ながら」と答えながら、津原は頭を巡らせた。

ここに来たのなら、純矢は両親のトラブルを知っていて、その原因に自分が関わっていることや、今日、両親がここに何をしに来たかということも把握しているかもしれない。なら、慎重にいかなくてはと気を引き締め、話を続ける。

「お母さんは敏腕編集者という感じで、素敵ですね。お父さんも、おしゃれでカッコいいですし。何より、二人とも純矢くんのことが大好き。サッカーではJリーグのユースチームに所属していて、塾でも上位クラスに入ったと伺いましたよ」

しかし純矢は無言のままで、一瞬だが、顔をしかめたのもわかった。何がまずかったのかと津原が戸惑うと、明日花が口を開いた。

「親のそういう自慢って、『勘弁して』って思うよね。イヤじゃないけど、恥ずかしいし」

見れば、彼女も顔をしかめている。「うん」と応えた純矢に、明日花はさらに言った。

「でも、Jリーグのユースと塾の上位クラスなら、本当にすごいからいいじゃない。私の両親なんて、近所の人に『うちの明日花は、大谷翔平くんと誕生日が三日違いなんです』って自慢したのよ」

「マジで？」と純矢が声を上げ、明日花は、
「マジ。偶然聞いて、『やめて～！』って叫びたくなっちゃった。誕生日が同じなら
ともかく、三日違いのどこに自慢の要素が？　って話でしょ」
と続けて口を尖らせる。純矢は声を立てて笑い、「言えてる」とタメ口で返した。
江見さん、上手い。ちょっと前にやれやれと思ったのがウソのようだと、津原は隣
を見た。が、明日花は眉間にシワを寄せて口を尖らせ、前を向いたまま。どうやら、
純矢の気持ちを和らげようとしたのではなく、ただ両親のグチを言いたかっただけら
しい。津原が拍子抜けしている間に、明日花は話を締めくくった。
「だから、純矢くんが羨ましい。本当に素敵でカッコいいご両親だと思うし、あなた
のことが大好きなんだと思うわよ」
「うん。わかってる」と応えた純矢だが、その顔から笑みは消えている。
「お父さんとお母さんは、やたらと『純矢の夢』『純矢の幸せ』って言う。離婚する
前はそれでケンカしてたし、今はそれぞれが言いたいことを言ってる感じ。でも、大
事なことは何も教えてくれないし、僕の話も聞いてくれない」
ありそうなことだと津原が言葉を返そうとした矢先、紅林の視線に気づいた。「任
せて」と言うようにこちらに目配せし、紅林は会話に加わった。
「二人がトラブることこそが、純矢くんにとってのアンハッピー。何よりも辛いのに

ね。それをお父さんに伝えたくて、ここに来たの？」

「はい」

言葉を敬語に戻し、思い詰めた顔で頷く純矢に、津原の胸は痛む。とたんに、ある映像がフラッシュバックした。

泣きながら声を上げ、こちらに駆けだそうとする小さな女の子と、その肩を後ろから押さえ、すべてを諦めたような目で自分を見る美しい女性……。

フラッシュバックが終わるのと同時に視線を感じ、隣を見た。そこには明日花がいて、戸惑いと好奇心が入り交じったような目で自分を見ている。我に返り、津原が前を向いた直後、「お待たせしました」と、清宮が湯気の立つマグカップが載ったお盆を抱えてやって来た。明日花も手伝ってマグカップをみんなに配り、しばしホットココアを味わった。純矢が落ち着いたと判断したのか、紅林が訊ねる。

「じゃあ、純矢くんはご両親のトラブルを知ってるのね。お母さんから聞いたの？」

「いえ。でも、お父さんとの面会が中止になる少し前から、お母さんは様子がおかしかったんです。イライラしてると思ったら、ぼんやり考え込んだりして」

そう説明した純矢だが、妙にしどろもどろだ。何か隠しているなと察し、津原は頭を巡らせた。と、浮かび上がったのは、「万里とは、主にメッセージアプリで連絡を取り合っていた」という、無料法律相談で初めて会った時の桑野の言葉。ピンと来て、津原は手にしたマグカップをテーブルに置いて訊ねた。

「ひょっとして、メッセージアプリですか？　何らかの方法でご両親のやり取りを読み、動きを追っていたんですね」

純矢は無言。しかし一度上げた目を伏せたので、津原の推測通りなのだろう。驚いた様子で何か言おうとした明日花に先んじ、紅林が、

「お母さんの様子が変わって、お父さんと会えなくなったら不安だもんね。訳を知りたくなって、当然よ」

とフォローし、「で、どうやったの？」と口調を好奇心満々なものに変えて問うた。それに誘われたように、純矢が答える。

「お母さんがお風呂に入ってる時とかに、メッセージを読んでました。お母さんは機械に弱くて、アプリのセッティングも僕がやったから、パスワードを知ってて。今日ここでカウンセリングを受ける予定だってことと、お父さんも来るっていうのもメッセージで知りました」

津原と紅林は「なるほど」「そういうことか」と頷き、それに明日花が、「感心してどうするんですか」と脱力気味に突っ込む。そんな中、テーブルの端に着いた清宮だけが、のんきにホットココアを飲み続けている。と、また津原の頭に浮かぶものがあった。

まず、四谷三丁目法律事務所で会った時の万里の、「桑野の様子は、面会交流から戻ると純矢が話してくれるんです。塾は時間のロスだとか、その分、ライバルに差を付けられてるとか言ってるらしくて」という発言。続けて桑野の、「純矢には、チャンスに賭けて欲しくて、『塾でロスした分は、集中力で補え』『三倍練習すれば、ライバルに追いつける』と発破をかけてます」という言葉だ。

一つの閃きがあり、津原は純矢を見た。制服をきちんと着ており、スラックスに合わせた黒革のローファーもピカピカだ。しかし、スラックスの裾から覗く白いソックスには、泥と思しき汚れが付いている。津原の閃きが一つのかたちを取ろうとした矢先、

「なんですか？」

と問われた。視線を上げると、純矢が怪訝そうに自分を見ている。津原は「いえ」と微笑み、問い返した。

「純矢くん。お父さんとお母さんのやり取りを、写真に撮っていませんか？　だったら、それを見せて下さい」

「全部じゃないけど、何回か、自分のスマホで撮ったことはあります」

純矢は戸惑い、明日花は津原の腕を引いて、

「まずいですよ。それって、犯罪なんじゃありませんでしたっけ？　違います？」

と囁いた。どちらの反応も予想通りだったので、津原は純矢を見て告げた。

「トラブルの裏にあるものを突き止めるために、必要なんです。純矢くんを、以前のようにお父さんと会えるようにすると、約束しますから」

「……わかりました」

そう応え、純矢も津原を見た。ブレザーのポケットからスマホを出す彼に、明日花が何か言おうとする。が、それより早く紅林が「待って」と純矢を止め、強い目で津原を見た。

「津原さんの腕は認めてるし、万里さんたちの和解のためなら、協力は惜しまない。でも、リスクを負うからには、確認させて。考えがあるのよね？」

「もちろん。考えだけじゃなく、勝算もあります」

微笑みとともにそう即答すると、紅林は「わかった」と頷き、純矢に向き直って、

「どうぞ、続けて」と促すように、手のひらで彼のスマホを示した。

7

二日後の日曜日。明日花は、東京・白金にいた。津原、紅林とともに地下鉄の駅を出て、通りを歩く。カジュアルな格好の若者が多い中、紅林はベージュのコートに黒

いパンツスーツにハイヒール姿で、フルメイク。一方、津原は薄茶色のダッフルコートにモスグリーンのバッグを斜めがけにし、ライトグレーのスラックス、スニーカーという、街には溶け込んでいるが、およそ弁護士らしくない出で立ちだ。

「第一回の審理は、和解センターノーサイドの事務所でやるって言ってましたよね。なんで変えたんですか？」

白いダウンコートの肩にかけた、黒革のトートバッグを揺すり上げ、明日花は問うた。時刻は午後一時前で、薄曇りで肌寒い。隣を歩く津原が答えた。

「外の方が、桑野さんと万里さんがリラックスできるかなと。あとは、事務所の片付けが終わってないのを忘れてました」

「終わってないのは、津原さんが――それはいいとして、大丈夫ですか？　純矢くんに、お父さんと会えるようにするって約束してましたよね」

不安を覚え、明日花は津原とその隣を歩く紅林を見た。が、津原は「しましたねえ。どうしましょうかねえ」と笑って受け流し、紅林は手にした書類を読んでいる。

二日前の夜。純矢が自分のスマホを出すなり、津原は明日花に「もう遅いですし、純矢くんをタクシーで自宅の近くまで送って下さい。江見さんも、一緒に帰っていただいて構いません」と指示した。慌ただしく手配をし、明日花がテーブルに戻ると、純矢は既にスマホをしまい、帰り支度をしていた。そこで二人でタクシーに乗り、帰宅した。

そして、昨日の朝。津原は「紅林さんのオフィスに行きます」と言って事務所を出たきり夕方まで戻らなかった。ことの成り行きが気になる明日花だったが不穏なものを覚え、何も訊けないまま今日を迎えた。

間もなく、明日花たちは目的地に着いた。老舗の高級ホテルで、大きなクリスマスツリーが飾られた広いロビーを抜け、奥のカフェレストランに入る。手前のレジカウンターで津原が名乗ると、店員の若い男性は明日花たち三人を、フロアの脇の廊下に案内した。

しんとして他に人気のない廊下の傍らに、木製の格子戸があった。店員の男性は格子戸を開け、手前の小さな前室を抜けて奥のドアに歩み寄った。津原は、個室を予約したらしい。

津原と紅林も前室を抜け、店員の男性が開けたドアから個室に入った。後に続こうとした明日花だが、あるものに気づいて足を止めた。それは一脚の椅子で、ドアの脇の壁際に置かれている。

こういった前室は、高級な飲食店の個室や旅館の客室に見られ、奥に花台などが置かれていることはある。しかし、椅子がドアの脇にというのは珍しく、片付け忘れたのかと、明日花は店員の男性に声をかけようとした。と、ドアから顔を出した津原に、

「それはそのままで構いません。席に着いて、桑野さんたちを待ちましょう」
と手招きされた。怪訝に思いつつ、明日花は「はい」と返し、店員の男性と入れ替わりで部屋に入った。中央に大きなテーブルセットがあり、奥のガラス窓の向こうには、庭園の木々が見えた。

明日花たちが上着を脱いで席に着いて間もなく、桑野、少し遅れて万里がやって来た。上座に着いた桑野は、向かいの万里に「久しぶり」と声をかけたが、彼女は無言で会釈し、椅子に座った。桑野は焦げ茶色のコーデュロイのジャケットを着て、万里はスモーキーピンクのニットワンピースと、どちらもおしゃれだが、顔は強ばっている。注文した飲み物が運ばれて来ると、桑野の隣に座った津原が口を開いた。

「では、桑野篤正さんと武藤万里さんの和解あっせん手続に於ける、第一回の審理を始めます。運営は本事件の和解あっせん人である私、弁護士の津原元基が行い、専門委員の臨床心理士・紅林千草、さらに津原の事務所のスタッフ・江見明日花が同席します」

淡々とした声に、桑野が「はい」と応え、万里とその隣の紅林、津原の左隣に座った明日花は頷く。

それから津原は、和解あっせん手続の中立人の桑野、相手方である万里から紛争に至るまでのいきさつと、双方の言い分を聞き、和解にあたっての桑野の条件を万里に告げた。

万里には事前に中立書の写しが送られ、和解あっせん手続にも同意している。しかし津原の口から「謝罪」「慰謝料十万円」といった言葉が出ると、その顔は険しくなった。それを明日花がはらはらと見ている間に、津原は「以上です」と話を終えた。万里はさっそく何か言おうとしたが、それを紅林が「ごめんなさい」と止めた。

「まず私に、専門委員、つまり今回の紛争のアドバイザーとして、見解を述べさせて下さい。先日、桑野さんと万里さんから心理カウンセリングというかたちでお話を伺い、資料も読みました。それをもとに分析したところ、紛争の一因と推測されるものが見つかりました」

てきぱきと説明し、空いた席に置いたバッグからファイルを出す紅林を、万里と桑野が訝しげに見る。紅林はファイルから書類を抜き取り、桑野たちと津原、明日花に配った。書類には、メッセージアプリのトーク画面が表示されたスマホの画像が二つあり、その上部には「KUWANO．A」とあった。桑野とやり取りする、万里のスマホの画面を別のスマホで撮影し、その画像を印刷したものだ。これって、まさか。二日前の夜、ニュー東京ビルヂングのラウンジで交わした会話が蘇り、明日花の胸はどきりと鳴る。と、驚いた桑野が「どういうこと？」と問い、万里もうろたえて「わからない」と答えた。二人を見て、紅林は話しだす。

「お気づきの通り、それはお二人のメッセージアプリでのやり取りです。入手経路の説明とお詫びは後ほど致しますので、私の分析を聞いて下さい。言うまでもなく、画面の右側に表示された緑色の吹き出し内の文言は、万里さんが打ち込んだメッセージ。左側の白い吹き出し内の文言は、桑野さんからのメッセージです」

丁寧だが、桑野たちに何かを言う隙を与えずに語り、紅林は手にした書類に目を向けた。困惑しつつも、桑野と万里も書類を見て、明日花も倣う。

「まず、書類の左側の画像を見て下さい。半年ほど前のやり取りです。純矢くんと桑野さんの面会交流の日時について万里さんは、『来週土曜日10時、渋谷でお願いします』と伝え、桑野さんは『わかった』と返信しています」

説明通り、書類左側の画面には、いま紅林が読み上げたのと同じメッセージが表示されている。「ええ」「はい」と、万里も桑野もそれがどうしたという反応だ。紅林は続けた。

「次に、もう一つの画像。こちらは四カ月ほど前のやり取りで、桑野さんが純矢くんとの面会交流の後、『いま、純矢と別れた』と送り、万里さんからの返信は『了解しました』です……ここからわかるのは、やり取りは用件のみ。さらに、万里さんは敬語を使っているということ」

「それなら、桑野に対してだけじゃありません。メールやメッセージのやり取りは行き違いが怖いので、敬語で統一しています」

　万里の説明に、紅林は「そうなんですね」と微笑む。

「でも敬語は、相手を敬（うやま）うという以外に、相手と心理的に距離がある、距離を置きたいという場合に使う表現でもあるんです。万里さんの桑野さんへの敬語は後者ではないかと、私は感じました」

　怒ると敬語になる人っているけど、そういうことか。明日花は感心し、心当たりがあるのか、万里は不服そうながらも言い返さない。

「ここからが私の分析ですが、お二人は離婚後、多忙ということもあり、距離を取って衝突を避け、表面的な交流だけを続けてきたのではないでしょうか。でも、離婚のきっかけとなった純矢くんの進路を巡る意見の対立は今も続いていて、それを話し合うこともないまま、互いの主張ばかりが大きくなっていったんでしょう」

「純矢の進路が離婚のきっかけなのは、事実です。でも、本人の意思を尊重しようと決めて、私も桑野も納得しています」

　万里が反論し、桑野も断言する。

「その通り。ヴォルテックス東京のトップチームに入るにしろ、大学に進学するにしろ、決めるのは純矢。僕はバイアスがかかるようなことを言ったり、プレッシャーをかけたりするようなことは一切していません」

と、万里が顔を動かした。今日初めて、桑野の顔を正面から見て言う。

「……それはどうかしら」

その冷ややかな声に明日花は驚き、桑野も戸惑ったように「どういう意味？」と問う。とたんに、万里は喋りだした。

「面会交流の度に、自分が親の言うことを聞いて、サッカーじゃなく大学を選んだのをどれだけ後悔してるか、純矢に話してるわよね。そのうえ最近では、『塾は時間のロス』とか『その分、ライバルに差を付けられるぞ』とか言ったり。それは、バイアスやプレッシャーじゃないの？」

そう言えば、万里さんは最初に四谷三丁目法律事務所で会った時も、塾がどうのって桑野さんの発言の話をしてたな。明日花の記憶が再生された直後、桑野が返した。

「僕は純矢を励まそうと思っただけだよ。それに、そんな言い方はしてない」

「信じられないわ。そもそも、ルール違反だし」

不機嫌そうに返し、万里は顔を背けた。身を乗り出してその顔を覗き、桑野が問う。

「それが面会交流をキャンセルした理由？　やっぱり、純矢のスケジュールや体調っていうのは、ウソだったんだ」

「ウソじゃありません！」

敬語を織り交ぜ、万里が反論する。場の空気が緊張し、明日花がうろたえたその時、

「わかりました」と紅林が割って入った。

「万里さんは、純矢くんを守りたかったんですよね？　だから、面会交流で桑野さんに何を言われたかを、純矢くんに聞いていた。すると、バイアスやプレッシャーと取れる発言があって不満と不安を覚え、純矢くんのスケジュールや体調に問題が起きていたこともあり、面会交流のキャンセルという結論に至ったんじゃありませんか？」

「まあ、そうです」

　万里が認める。えっ、そうなの？　明日花は驚き、桑野も「何だよ、それ」と声を大きくする。紅林は話を続けた。

「万里さんも桑野さんも、心から純矢くんの幸せを願っているはずです。でも、その真意を共有できず、お互いの『夢を選ぶべきだ』『堅実な道こそ最善』という表面的な主張が独り歩きしてしまい、今回のトラブルに繫がったのかもしれません」

　とたんに、万里ははっとし、桑野は口をつぐむ。二日前のカウンセリングに、閲覧したメッセージと今日の様子も加味し、導きだした分析結果ということか。明日花はそう察し、加えて紅林は、二日前に話していたように、桑野たちを否定も批判もしていないとも気づく。が、桑野は眉をひそめて返した。

「でも、結局は僕が悪いってことになりませんか？　面会交流権を侵害されたのはこっちなのに、なんで……万里。僕は本当に純矢を励ましたかっただけで、ルール違反はしてないよ。それに、不満があったならそう言って欲しかった」

「言わなきゃわかってくれないの？　あなたは昔からそう。少しは、自分で考えるとか気づくとかして下さい」

口論が始まったが、紅林はそれを首を縦に振りながら聞き、また割って入った。

「どちらが悪いということではなく、問題は気持ちの伝え方だと思いますよ」

頷き（うなずき）と、解釈。これも二日前に紅林さんが話してた、カウンセリングの技法だ。明日花は感心したが、二人の耳には入らなかったようで、

「超能力者じゃないんだから、言ってくれなきゃわからないよ」

「何それ。開き直り？」

と顔を険しくして言い合う。このままじゃ収拾が付かなくなると明日花は焦り、紅林は「一旦（いったん）、休憩にしましょう」と提案したが、二人はにらみ合ったままだ。

「どうします？」

すがる思いで、明日花は津原を見た。すると、いつの間にかいつもの薄い笑みを浮かべていた彼は、万里と桑野を見て言った。

「なるほど。やはり、会って話すことには意味がありますね」

呑気（のんき）かつ的外れな反応に、明日花はますます焦った。しかし津原は微笑んだまま、さらに言う。

「休憩もいいですが、僕はもう一人に、この審理に加わってもらいたいと思います」

「もう一人？」

明日花は問い、桑野たちも怪訝そうな顔をする。「ええ」と頷き、津原は告げた。

「江見さん。もう一人の方をお連れ下さい。部屋の外でお待ちです」

訳がわからないまま、明日花は「はい」と応えて席を立った。桑野たちが見守る中、ドアに歩み寄って開ける。と、ドアの向こうに人影があり、明日花は驚く。そこにはライトグレーのパーカーにジーンズという格好の少年がいた。

「純矢くん」

その顔を見て言うと、後ろで桑野たちが「えっ」と声を上げた。会釈を返した純矢だが、戸惑ったような顔をしている。そこに津原の、「どうぞ、お入り下さい」という声が届く。戸惑い顔のまま、純矢は傍らの椅子に置いた黒いダウンジャケットとリュックサックを摑み、明日花の脇を抜けて個室に入った。

この椅子は、純矢くんのために用意したの？　混乱しながらも頭にそう浮かび、明日花はドアを閉めて自分の席に戻った。純矢はその隣の、空いている椅子の背にダウンジャケットをかけ、足元にリュックサックを置いている。「純矢」と呼んで何か言おうとした桑野を遮り、万里が「どうしたの？　塾は？」と問う。

「昼休みに津原さんから連絡があって、ここに来るように言われた」

そう返し、純矢は椅子を引いて座った。津原を、きっ、と見て万里が迫る。

「どういうことですか？　こんなの、聞いてませんよ」

「まずいですよ。万里さんは、純矢くんへの影響を一番心配してたのに」

明日花は津原に囁き、紅林にも視線を送った。しかし二人に動じる様子はなく、津原は薄い笑みを浮かべたまま、こう答えた。

「申し訳ありません。でも純矢くんには、大事な仕事を頼みたくて来てもらいました」

「仕事？」

きょとんとした純矢に顔を向け、津原は告げた。

「はい。僕は純矢くんに、二人目の専門委員として、この和解あっせん手続に参加して欲しいんです」

思いも寄らない展開に、明日花は「はい!?」と声を上げて訊ねた。

「そんな無茶な。専門委員って、トラブルの内容に沿ったプロに頼むものでしょう？」

頭には、二ヵ月前に津原と知り合うきっかけとなったトラブルに巻き込まれた際、幼なじみで親友の小森玲菜に聞いた話が浮かぶ。「ええ」と頷き、津原は続けた。

「ですから、純矢くんに頼みたいんです。当事者のお二人を除けば、今回の紛争にこれ以上詳しい人はいませんから」

「そうですけど、でも」

「それに、彼は今日、これまでの僕たちの話を部屋の外で聞いていました。なら、専門委員の役割もわかっているはず……いかがですか？」

微笑んだまま、しかし強い眼差しで津原に問われ、純矢は少し考えてから答えた。

「アドバイザー、でしたっけ？」

すると紅林が「その通り。さすがね」と笑い、

「依頼人のためだと感じたことを、正直に、思いやりを忘れずに言えばいいの。そうすれば、必ず伝わるから」

とゆっくり、丁寧に伝えた。それを純矢は真剣な顔で聞き、首を縦に振った。

「わかりました。やります」

たちまち、万里が「なに言ってるの。ダメよ」と反対し、桑野は呆然とする。明日花が混乱している間に、津原は前に向き直って告げた。

「審理を再開します……武藤純矢さん。専門委員として、この紛争の申立人と相手方に述べたいことがあれば、どうぞ」

「はい」と緊張の面持ちで応え、純矢は万里、桑野の順に見やって話しだした。

「お母さんたちの、メッセージのやり取りは読んだよ。確かに僕も、もっと言いたいことを言い合えばいいのにと思ってた。とくにお母さんは、面会で僕とお父さんが何を話したか、毎回こまごまと聞いてきたから」

「あれは心配で」と万里は口ごもり、桑野は呆然とし続けている。が、純矢が、

「ていうか、何で僕に話してくれないの？　お母さんたちは、僕とお父さんの面会が原因で揉めてるんでしょ？」

と口調を責めるようなものに変えると、万里と桑野は返した。

「そうよ。でも、これはお母さんたちの問題で、純矢には何の責任もないことだから」

「話さなかったのは、純矢を心配させたり、傷つけたりしたくなかったからだよ」

「もう、傷ついてるよ！」

そう純矢は声を上げ、万里たちは固まる。

「お母さんたちの問題って言うけど。津原さんや紅林さん、江見さんには全部話して、相談にも乗ってもらってるじゃないか。親が自分のことで揉めてるのに、僕だけが何も知らされない。そのことが、すごく悲しかったんだよ」

純矢は身を乗り出し、両親の顔を交互に見て訴えた。何か言おうとした万里を遮り、純矢はさらに訴えた。

「僕の進路のことだってそう。サッカーか大学か、自分で決めていいっていうから、どっちもがんばりながら考えてるのに、僕を挟んでいがみ合ってる。いっそ、どっちもやめれば、全部解決する？」

「なに言ってるの！」

まず万里が声を上げ、桑野も「純矢、それは違うよ」と続く。しかし純矢は顔を背けて目を伏せ、二人を見ない。想いをぶちまけたものの、罪悪感とこの後どうしようという不安で、混乱しているのだろう。そう察し、明日花は純矢の力になりたいと思ったが、どうしたらいいのかわからない。と、津原が会話に加わった。

「いま純矢くんは、『どっちもがんばりながら考えてる』と言いましたね？　でも、答えはもう出ているんじゃないかな……サッカーを選んで、プロを目指したい、でしょ？」

そう微笑みかけられ、純矢はぎょっとして津原を見る。桑野も「えっ！」と目を見開き、万里はまた固まった。純矢を見返し、津原は続けた。

「でも、進学して選択肢を増やして欲しいというお母さんの気持ちはわかるし、失望させたくない。だから、お父さんとの面会交流について訊かれた時、よりオーバーに、大学よりサッカーの方が大事で、優先したいという自分の希望に寄せて、無意識のうちに話を脚色して伝えてしまったんでしょう」

とたんに、明日花は合点がいって閃きも覚え、口を開いた。

「だからさっき桑野さんは、『そんな言い方はしてない』って言ったんですね。でも、純矢くんの話を信じちゃった万里さんは、彼を守らなきゃと、面会交流をキャンセルしてしまった」

「じゃあ、お母さんたちが面会のことで揉めた原因は、僕？　僕が、自分の答えを伝えられなかったから」

呆然と純矢が言い、明日花はまずいと思う。万里と桑野は「違う！」と声を合わせ、紅林も「何やってんのよ」とでも言うように明日花をにらみ、純矢に微笑みかけた。

「誰が悪いということではなく、問題は気持ちの伝え方だと思いますよ」

さっきと同じことを「どちらが」を「誰が」に変えて伝える。明日花も謝罪とフォローをしようとした矢先、津原が話を続けた。

「紅林さんが言うように、誰も悪くないし、強いて言うなら、家族のお互いを想い合う気持ちが、たまたまトラブルに繋がってしまったということでしょう。それに、もし純矢くんが、サッカーは続けたいけど万里さんの気持ちも汲みたいというなら、手はあります。つまり、Jリーグのユースチームから大学を経て、プロになるという方法です」

「……確かに」

桑野が頷き、純矢と万里は顔を見合わせる。「まあ、素人の浅知恵、思いつきですけどね」と断ってから、津原はさらに続けた。

「そういう経歴の選手は増えているそうですし、純矢くんのように学力も優秀なら、私立はもちろん、国立のサッカーの強豪大学にスポーツ推薦で入学することも可能でしょう……いずれにしろ、またお二人の間で行き違いや問題が発生したら、純矢くんに相談してみて下さい。言うまでもなく、彼は優しくて頭もいい少年です。何しろ、今回の紛争を知って僕らの事務所のビルを訪れ、自分の気持ちを伝えた上、お二人の和解のために力を貸してくれたほどですから」

最後は神妙な顔になって告げると、桑野と万里も「わかりました」「はい」と神妙に応えた。すると津原は最後に純矢に向かい、こう語りかけた。

「お父さんとお母さんの言葉にウソはないし、前にも言ったとおり、二人とも純矢くんが大好きです。でも、本気で何かを守るためには、秘密をつくらなくてはならない時もある。それはわかって下さい」

穏やかなのに力強く、説得力も感じられる口調だった。それに導かれるように純矢は「はい」と応える。明日花はほっとし、「ごめんね。でも、もう大丈夫よ」と隣に囁きかけた。こくりと頷き、純矢は笑った。

8

「やれやれ。何とか、終わったわ」

ホテルを出て通りを歩きだすなり、紅林は片手を自分の肩に当てて首を回した。それを見た明日花は、このポーズ、うちのお母さんもやるなと思いつつ、「お疲れ様です」と言った。津原も「本当に、やれやれですね」と言い、笑う。時刻は午後四時を過ぎ、外は薄暗くなっている。気温もぐっと下がったが、通行人は昼間より増え、建ち並ぶ店の多くが、イルミネーションを施したり、クリスマスツリーやリースを飾ったりしている。

今日はあのあと、桑野と万里がきちんと向き合わないまま、それぞれの考えを押しつけてしまったことを純矢に詫び、純矢も正直な気持ちを二人に伝えられなかったことを謝罪した。それを受け、津原は「まずは、桑野さんと万里さんは二人でゆっくり話し合って下さい。その上で、純矢くんと桑野さんの面会交流の三回に一回程度は、万里さんも参加されてはいかがでしょう？」と提案し、桑野と万里、さらに純矢もこれに同意した。

続けて、和解に向けての取り決めが行われ、慰謝料の十万円について桑野は「取り下げる」と言い、万里は「支払わせて」と主張した。また口論かと明日花は身構えたが、「お母さんが払って、お父さんは受け取りなよ。で、その十万円は、三人で会った時に使おう。ご飯とか、旅行とか」という純矢の提案で、空気は一転。桑野は「そうしよう」と受け入れ、「旅行はちょっと」と言った万里も、まんざらでもなさそうだった。そして、それらの意見を盛り込んだ和解書を津原が作成し、後日、二人の署名をもらうということで審理は終了した。

「純矢の進路については、大学のサッカー部という選択肢を含めて話し合います」と自分たちに挨拶して個室を出た桑野と万里が、純矢を挟み、三人横並びでカフェレストランの廊下を歩いていく姿を思い出し、明日花は言った。

「時間がかかっても、またあの三人が一緒に暮らせる日が来ませんかねえ。可能性はあると思うんだけどなあ」

が、紅林に「そう上手くはいかないわよ」と返され、口を尖らせて「だから、時間がかかってもって言ったじゃないですか」と言い、話を変えた。

「津原さん。今回も、途中から事件のカギに気づいてましたね？ 今回は、ニュー東京ビルヂングを訪ねて来た桑野さんから、面会交流で純矢くんに会った時にかけてる言葉を聞いたとき」

するとと津原は歩きながら、ははは笑い、答えた。

「鋭いですね。その数時間前に万里さんから、桑野さんは、『塾は時間のロスだとか、その分、ライバルに差を付けられてるとか言ってる』と聞いていたので、あれ？ 本人の言うことと、ニュアンスが違うなと引っかかったんです」

「なるほど」と明日花は感心し、紅林も言った。

「で、私にカウンセリングをさせて、あの二人は子離れできてない上に、コミュニケーションに問題を抱えてると察した訳ね。純矢くんが、進学じゃなくサッカーを選ぼうとしてるっていうのには、どのタイミングで気づいたの？」

「二日前にニュー東京ビルヂングを訪ねて来た時、純矢くんは今日は塾の日だと言ったでしょう？　でも、履いていたソックスは泥だらけだったんです。塾をサボるか、学校で時間を見つけてサッカーの練習をしていたはずだから、彼の気持ちは、進学よりプロ選手に傾いているのかなと」

そう津原は説明し、明日花はすごい観察力だと感心する。が、紅林は口を尖らせ、

「それならそうと、教えてよ。そもそも、私がカウンセリングする意味あったの？」

「大ありです。純矢くんの意向については、一か八かで鎌をかけたんですから。それに、分析には説得力もあったし、紅林さんが専門委員でなければ、今回の和解は成立しなかったでしょう」

そう語る津原を、「よく言うわ」とにらんだ紅林だが、その顎（あご）は誇らしげに上がっている。

二日前。津原は、純矢に彼が撮影した万里と桑野のメッセージアプリでのやり取りの画像を見せてもらい、自分のスマホに転送させたのだろう。そしてそれを読み、昨日一日かけて紅林と今日の審理をどうするか話し合ったはずだ。そのどちらの場にも明日花を立ち会わせなかったのは、自分にリスクを負わせないための気遣いに違いな

い。それはありがたく、安堵もしている反面、仲間外れにされたようで寂しくもある。なぜそんな風に感じるのかと、自分に苛立ちを覚え、明日花はまた話を変えた。

「にしても、万里さんのスマホの画像を見せられた時は、焦りましたよ。ネットで調べましたけど、スマホの盗み見って、問題ありまくりじゃないですか」

「ええ。場合によっては、不正アクセス禁止法に抵触する犯罪になります」

白い息を吐いて歩きつつ、しれっと答えた津原に呆れ、明日花はさらに言った。

「審理の最後に純矢くんが、あの画像の出所は自分で、『津原さんたちは、僕がお母さんのスマホを盗み見て撮影したものを、たまたま見ただけ』と説明してくれて、桑野さんたちも納得してくれたから、セーフだったものの……最初にメッセージを盗み見したのは純矢くんでも、それを看過して、審理に使うなんて、間違ってますよ。しかも、津原さんは弁護士なのに」

「前にも似たような話をした覚えがありますが、和解あっせん手続が目指すのは、事件の当事者が納得する妥協点。間違っている間違っていないは、問題じゃないんです」

「じゃあ津原さんは、和解のためなら、違法まがいなこともするんですか？」

食い下がった明日花に、津原は前を向いたまま返した。

「答えはイエスであり、ノー。和解あっせんという手続自体、限りなくグレーなものですから」

答えになっていないと感じた明日花だが、それ以上は何も言えない。なぜなら、津原は眼差しを冷たく鋭くしつつ、口元は微笑んだままだったからだ。前にこの顔を見た時と同じように、明日花の背筋はぞくりとする。と、何かを察したのか、紅林が会話に加わった。

「そういう面倒臭い話は、週明けまでお預けにしてくれる？　今日は日曜日で、仕事は無事に終わったのよ。呑まなきゃ。津原さん、よさげなお店を手配して」

「え〜っ。見つかるかなあ」

眉根を寄せてぼやきながらも明日花たちに「待って下さい」と告げ、津原は歩道の端に寄って立ち、スマホを出した。その姿を呆然と見る明日花に、紅林は言った。

「手段を選ばないところはあるけど、津原さんは依頼人のためにベストを尽くすし、約束も守るわ。とくに今回の事件には子どもが関わってたし、必ずやり遂げたかったはずよ。スマホの盗み見の件を桑野さんたちに追及されたら、一人で責任を取る覚悟でね」

「そうは言っても」と返しかけた明日花だが、疑問と興味が湧き、

「子どもって、どういう意味ですか？」

と問う。すると紅林は、津原が俯いてスマホを弄っているのを確認し、こう答えた。

「津原さんはバツイチで、娘さんがいるのよ。今は、元奥さんと暮らしてるみたいだ

けど」

「ふうん」と返したとたん、明日花の頭にある記憶が蘇った。先週の日曜日。無料法律相談のブースに明日花の両親と兄が現れ、立ち去った後、津原は明日花に「仲がいいんですね。羨ましいです」と言ったのだ。

お世辞だと思ったけど、本心？　そうよぎり、明日花ははっとする。すると、「でも、本気で何かを守るためには、秘密をつくらなくてはならない時もある」という、さっき、津原が純矢に告げた言葉も蘇り、胸がざわめく。その理由がわからず、明日花が戸惑っていると、津原は「お店の予約、取れましたよ」と告げ、スマホを掲げて見せた。

「やった！　どこ？」

目を輝かせた紅林が歩道の端に向かい、「あっちです」と前方を指す津原と歩きだす。そして、二人は明日花を振り向き、「明日花ちゃん、早く」「江見さん、行きましょう」と笑顔で手招きした。明日花は「はい」と返し、戸惑いを抱えたまま、華やいだ街を歩きだした。

CASE4

法律より、筋だろ

1

「最近、気になったニュースは何ですか？　一人二分程度でお答え下さい」

面接官の女性は言い、向かいの椅子に座る受験者たちを見た。

来た、この質問。受験者の一人である江見明日花はそう思い、頭を巡らせた。ここは、東京・豊洲（とよす）のオフィスビル。その八階に入っている、ロボティクス系ベンチャー企業「ドリームロボティクス」本社の会議室では、先ほどから就職試験の面接が行われている。時刻は午前十時前だ。

明日花と他の受験者たちは、黒やグレーの就活スーツ姿だが、向かいの長机に着いた面接官たちは、カットソーやパーカーなど、カジュアルなスタイル。そしてその中央の、長めの前髪を額の真ん中で分けた男性が、ドリームロボティクスの社長兼CEOだ。まだ四十二歳で、のっぺりした顔立ちは少し冷たい印象だが、さっき質疑応答の間に雑談になった時、「うちの社長室はオフィスの真ん中にあって、出入り自由。そのせいか、気づいたら室内のソファが仮眠スペースになっていて、朝、出社すると寝てる社員を起こすのが僕の日課」と話していたので、気さくな人なのかもしれない。

と、一人目の男性が返答を終えた。次が二十代後半ぐらいの女性で、その次が明日花だ。このまえ業界紙で読んだ、ヒューマノイドロボットの実用化のニュースについて話そう。ロボット業界の勉強をした甲斐があった。今度こそ、内定をもらえるはず。自分で自分を励まし、明日花が膝の上に乗せた拳を握った瞬間、

「私が最近気になったのは、ヒューマノイドロボットの実用化に関するニュースです」

という声がした。ぎょっとして、明日花は隣の女性を見た。女性は続けて、

「現在、代表的なヒューマノイドロボットには、テスラ社の『Optimus』やUnitree Robotics社の『Unitree G1』などがありますが、日本企業は後れを取っている状態で」

と、明日花がシミュレーションしたのと、ほぼ同じ内容の返答をした。

ウソ⁉ 心の中で叫び、明日花は必死に別のニュースを探した。が、ショックと焦りで頭が廻らない。明日花の焦りがさらに増した時、隣の女性が返答を終え、面接官の女性は言った。

「二番の方、ありがとうございました。では三番の方、お願いします」

「はい」

そう答えた明日花だが、頭の中は真っ白。焦りが絶望に変わるのを感じながら、ゆっくり口を開いた。

2

ほどなくして、面接試験は終わった。明日花は他の受験者たちと会議室を出て、廊下を歩いた。

不採用間違いなしだわ。ドリームロボティクスの自由な社風がいいなと思って、ロボットの勉強をしたけど、付け焼き刃じゃダメってことね。面接での惨敗ぶりが蘇り、ため息が出た。あっという間に年が明け、じきに二月だ。もう構ってはいられないと、手当たり次第に就職試験を受けているが、不採用続き。明日花の焦りと不安は増すばかりだ。

廊下の先にある出入口のドアに着き、明日花と他の受験者たちはドリームロボティクスを出た。そのまま向かいのエレベーターホールに進み入ったとたん、

「なんでだよ！」

と声がして、明日花は足を止めて振り返った。出入口のドアの脇には受付カウンターがあり、来訪者用のタブレット端末が数台置かれている。そのカウンターの前に、

声の主と思しき年配の男性と、若い男性が立っていた。年配の男性は白髪頭で、着古した黒いダウンジャケットと茶色のスラックスという格好だ。一方、若い男性はドリームロボティクスの社員らしく、首からIDカードを下げている。その顔を見上げ、年配の男性が言う。

「西巻さんと話したいんだよ。いるんだろ？」

「申し訳ありませんが、来客中です」

若い男性は困惑気味に答えたが、年配の男性は顔を険しくしてさらに言った。

「なら、待つよ。二時間でも三時間でも、ここにいると伝えてくれ」

「困ります。来社の際には、アポイントを取ってからと何度も――」

「そのアポなんとかが取れねえから、こうして来たんだろ」

年配の男性に噛み付かれ、若い男性は身を引いて告げた。

「とにかく、お引き取り下さい。でないと、警備員を呼びますよ」

と、その声に応えるように、エレベーターホールの脇にある階段を、制服姿の警備員が駆け上がって来てフロアに出た。

「『呼びますよ』って、もう呼んでるじゃねえか」

階段の方を見た年配の男性はそう突っ込み、明日花は思わず心の中で、「確かに」と同意する。しかし、歩み寄って来る警備員に怯んだのか、年配の男性は「わかったよ。帰りゃいいんだろ」と告げ、歩きだした。エレベーターホールに入り、二基並んだエレベーターの奥の一基に歩み寄って、下りの呼び出しボタンを押す。その姿を、若い男性と警備員がじっと見ている。

突っ立っている訳にもいかず、明日花もエレベーターの前に移動した。他の受験者たちは先に一階に下りたらしく、その場にいるのは、明日花と年配の男性だけだ。ぶつくさ言いながら、若い男性と警備員をチラ見している男性が怖く、明日花は階段を使おうかと思案する。が、その時チャイムが鳴り、エレベーターが到着してドアが開いた。年配の男性はさっさとエレベーターに乗り込み、フロアパネルの前に立ってボタンを押した。そして向かいの明日花に、

「乗らねえのか？」

と問うた。言葉は荒っぽいが、口調は思いのほか穏やかだ。それにつられるかたちで、明日花はエレベーターに乗り込んでしまう。ドアが閉まり、エレベーターは下降を始めた。

年配の男性の斜め後ろに立った明日花は、その肩越しにフロアパネルの「1」のボタンが点灯しているか、確認しようとした。と、年配の男性がため息をつき、がっくりと肩を落とした。驚きつつ様子を窺う（うかが）と、年配の男性は口を引き結び、目を伏せている。

和解センターノーサイドでバイトし、数件ではあるが、和解あっせん手続の手伝いをしたからわかる。これはトラブルを抱え、本気で悩んでいる人の顔だ。そう察し、明日花の胸は揺れる。さっきの彼の言動と、自分はそれどころではないという思いがよぎったが、黙っていられず、呼びかけた。

「あの」

その声に年配の男性が振り向き、同時にチャイムが鳴って、エレベーターは一階に到着した。

3

それから約一時間後の正午過ぎ。明日花は年配の男性と、新橋のニュー東京ビルヂングの階段を下りていた。

「わざわざ来ていただいたのに、申し訳ありません」

後ろを振り向いて頭を下げた明日花に、年配の男性は「いや」とだけ答える。

階段を下りきり、二人で一階のラウンジに入った。出入口のドアに向かおうとすると、「お疲れ」と声をかけられた。振り向いた明日花の目に、傍らに並んだテーブルの一つに着いた女性が映る。このビルの三階で開業している臨床心理士・紅林千草だ。

「お疲れ様です。津原さんがどこにいるか、知りませんか?」

足を止めて明日花が問うと、紅林は、「さあ」とベージュのジャケットに包まれた肩をすくめた。仕事をしながらランチを摂っていたらしく、テーブルの上にはノートパソコンとサンドイッチ、コーヒーショップの名前入りの紙コップが載っている。

さっき年配の男性に声をかけた後、明日花は彼を促して豊洲のオフィスビルのエレベーターを降りた。そしてエントランスホールの隅に行き、自分はドリームロボティクスの就職試験の受験者だと説明した。さらに、受付カウンターの前でのやり取りを聞いたが、何かトラブルを抱えているのではないか、それなら、バイト先の弁護士が力になれるかもと伝えた。はじめは訝しがっていた男性だが、明日花がスマホで和解センターノーサイドの公式サイトや、津原元基がバイトでやっているWebマガジンの法律相談の記事などを見せたところ、事務所に同行する気になった。そして電車を乗り継いでここまで来たのだが、津原は留守で三十分ほど待っても戻って来ず、連絡も取れない。

「私は少し前に、ここに来たところだから……諏訪部さんは知ってる?」

そう続け、紅林は別のテーブルを見た。そこには、長い髪を頭の後ろで小さなポニーテールに結い、黒いスタンドカラーのシャツを着た太った中年男性がいた。諏訪部英心、このビルの二階にアトリエを構える一級建築士だ。

「さあな」

下を向いて手を動かしながら、諏訪部は答えた。何をしているのかと明日花がテーブルを見ると、紙ナプキンが広げられ、その上に薄茶色の棒のような物体が、タワー状に組み上げられている。棒のような物体は縦横に三本ずつ組まれていて、テーブルゲームのジェンガかと思いきや、それは全部フライドポテトだ。傍らには油染みの付いた紙容器とハンバーガー、ストローが挿された紙コップもあるので、ランチとして買ったのだろう。

同じものをネットの画像で見たことがあるけど、食べ物で遊んじゃダメでしょ。明日花は呆れ、年配の男性も啞然とする。と、諏訪部はタワーの中段に組まれたフライドポテトに手を伸ばして続けた。

「だが、さっきヤボ用で地下に下りたら、ゴミ置き場の方で不穏な動きがあった。物音がして、『う～ん。やっぱり、これはいる……いや、いらないかな』とかなんとか呟く声も」

ニュー東京ビルヂングには、建物裏手の非常階段から入る地下室があり、その一角が住人用のゴミ置き場になっている。明日花は「えっ、本当に!?」と声を上げ、それに驚いた諏訪部の手が動き、タワーにぶつかる。衝撃でタワーは崩れ、フライドポテトがばらばらとテーブルに散らばった。

「おい！」

　諏訪部の抗議の声に、明日花が焦って「すみません」と返したその時、ぎいと音がして、ラウンジのドアが開いた。入って来たのは、津原元基。ライトブルーのロングカーディガンにオフホワイトのカットソー、ベージュのチノパンという格好で、胸に本と書類の束を抱えている。後ろには、同じく本と書類を抱えた、このビルの管理人でビル管理士の清宮隆一郎の姿もあった。それを見るなり、明日花は「やっぱり！」とまた声を上げ、津原たちは立ち止まった。

「いくら掃除しても片付かないと思ったら……津原さん。捨てるって決めて、私がゴミ置き場に運んだものを、こっそり事務所に戻してたんですね。しかも、清宮さんに手伝わせるなんて」

　そう迫りながら歩み寄る明日花に、津原は「いやあの、後で必要になったら困るなあと」とうろたえ、ベージュの作業服姿の清宮はにこにこしている。言葉を続けようとした明日花に、清宮は「お客様ですか？」と問うて年配の男性を見た。仕方なく、明日花は答えた。

「はい。福本容蔵さんとおっしゃって、就職試験を受けた会社で知り合いました。トラブルを抱えているそうで、津原さんに話を聞いてもらおうと、事務所で待ってたんですよ」

とたんに津原は笑顔になり、明日花ではなく福本に「それは失礼しました」と頭を下げた。そして、抱えていたものをドアの脇のバーカウンターに載せ、

「弁護士の津原元基と申します……あちらへどうぞ。また四階まで上がっていただくのは、申し訳ないので」

と続けて、部屋の奥に置かれた楕円形のテーブルを指した。そういう気遣いは、できるのよね。心の中でぼやきながら、明日花は福本を促し、楕円形のテーブルに向かった。それを合図に、紅林はノートパソコンのキーボードを叩き始め、諏訪部は明日花への恨みと思しき言葉を呟きながら、散らばったフライドポテトを拾い集めた。清宮も本と書類をバーカウンターに置き、内側の厨房に入る。

津原と福本がテーブルに着くのを待ち、脇に立つ明日花は告げた。

「福本さんは七十一歳で、大田区の大森にある、フクモト製作所という金属加工メーカーの社長さんです。お茶を淹れて来るので、いきさつを聞いて下さい」

するとと津原は、

「では、伺いましょうか……お困りでしたら、何なりと」

と、お約束の台詞を口にして福本に微笑みかけた。明日花はカウンターに向かい、既にお茶の準備をしてくれていた清宮を手伝う。

豊洲からここに向かう道中で聞いたところ、フクモト製作所は創業約四十五年で、

社員数は約三十。金属の複合加工などを行う、いわゆる町工場らしい。

　ことの発端は、四年前の一月。工場を訪ねて来たドリームロボティクスの社長兼CEO・西巻理人に、「食品工場用のロボットの開発に力を貸して下さい」と頼まれたそうだ。さらに西巻は「ロボットが完成した暁には、フクモト製作所に発注します」とも言い、福本は開発への協力を承諾した。

　そして試行錯誤の末、一昨年の春に画期的なロボットが完成。ドリームロボティクスはこれを発売し、間もなくいくつかの工場が導入を決め、フクモト製作所に発注がきた。しかし去年の秋、福本のもとにドリームロボティクスから「来年満了する貴社との製造請負契約は、更新しない」と通達があった。寝耳に水の福本は西巻に問い合わせたが、「ロボットをリニューアルする」と繰り返すだけ。そうこうしているうちに、福本の耳に仕事仲間からの「ドリームロボティクスは、ロボットの発注先を別の工場に変えた」という情報が入る。福本は事情説明を求めるも、西巻とは連絡が取れなくなり、さっきのように直接訪ねて行っても、門前払いされるようになったという。

　お茶を淹れ、明日花は湯飲み茶碗が載ったお盆を手にテーブルに戻った。上座に着いた福本と、向かいの津原の前に湯飲み茶碗を置き、津原が隣の椅子を引いてくれたので、そこに座る。いきさつを話し終わったところだったらしく、福本はお茶を飲んだ。その手はがっしりとして、体は小柄だが、頑丈そうだ。津原はその様子を見つめながら、「ご説明ありがとうございました。大変でしたね」と眉根を寄せた。湯飲み茶碗をテーブルに戻し、福本が「ああ」と頷く。

「俺は『リニューアルってなんでだ？』『売り上げは、順調に伸びてたじゃねえか』と訴えたんだが、西巻さんたちは、『社外秘です』『契約は更新しません』と繰り返すだけだ。契約なんか関係ねえ。これは、人としての筋の問題だ」

　丸い目をぎょろつかせ、訴える。明日花も隣を見て、訴えた。

「トラブルの原因になったロボットのことは知ってたので、話を聞いて驚きました……ロボットをつくったのは、福本さんですよ。納得のいく説明もなしに契約を打ち切るなんて、間違ってます。だから私は、福本さんをここにお連れしたんです」

　すると津原は「なるほど」と返し、福本に訊ねた。

「ロボットの開発中、ドリームロボティクスから資金援助はありましたか？　それと、特許権はどうなってます？」

「ドリームロボティクスからは、十分な資金と報酬をもらってた。特許は、ロボットが完成した時にフクモト製作所の名義で特許庁に申請して、取得済みだ」

　その答えを津原はふんふんと聞き、考えるような顔をした。そして「では、取りあえず」と呟き、チノパンのポケットからスマホを出した。福本に「失礼します」と断り、スマホを操作して耳に当てる。すぐに電話の相手が応える気配があり、津原は告げた。

「意見を聞きたいことがあるんですが……つまり、仕事の依頼です」

とたんに、電話の相手は声を大きくして何か言い、津原は電話を切った。事情を訊ねようとした明日花には、「すぐわかりますよ」と微笑み、スマホをしまう。その言葉通り、二分もしないうちに、階段の上からバタバタという足音が聞こえてきた。明日花と福本が顔を向けた直後、一つの人影が転がるように階段を下り、ラウンジに駆け込んで来た。

「よう。お待たせ」

そう言ってキメ顔をつくり、明日花たちに親指を立てて見せたのは、ライトブラウンのツーブロックヘアに、黒いジャージ姿の男。諏訪部の隣の部屋で開業している弁理士・戸嶋光聖だ。津原との電話を切ったあと、急いで身支度したのか、肩で息をしている。さらにランチ中だったらしく、その唇がやや厚めの口の端には、パンくずが付いていた。

4

JR大森駅から十五分ほど歩くと、目的地に着いた。広い敷地の手前にトラックやミニバンが停まった駐車場があり、その奥に三角屋根の古く大きな工場がある。

「そこが事務所か」

敷地に入ると、前を行く戸嶋はそう言って駐車場の傍らにある平屋に向かった。白いジャージの上下に、銀色のダウンコートという格好だ。明日花と津原も続き、三人で平屋のドアの脇にある窓から室内を覗いたが、誰もいないようだ。戸嶋は平屋を離れ、シャッターが上がった出入口から工場に入った。

「こんちは」

軽いノリで挨拶して中央の通路を進む戸嶋に倣い、明日花たちも歩いた。

天井の高い広々とした空間に様々な機械が並び、モーター音が響いている。その中には、金属板が載った台の上に、中央に大きなノズルが付いた鉄のゲートが設えられたものや、横長の台の上に太いローラーが備え付けられたもの、顕微鏡を思わせるフレームの手前に、電気ドリルを取り付けたようなものなどがあった。

ノズル付きのゲートは、レーザー光線で金属板を切断する加工機。太いローラーが付いたものは、金属板をロール状に曲げるもの。電気ドリルを取り付けたようなものは、金属に穴を開ける機械かな。左右を眺め、明日花はそう見当を付けた。昨夜、フクモト製作所について調べ、金属加工の勉強もした。この工場は小規模ながら腕のいい職人揃いで、製品の評価も高いようだ。

昨日はあの後、津原が福本に戸嶋を紹介し、「発明や特許の専門家なので、来てもらいました」と説明した。福本は抱えているトラブルについて再度話し、それを聞いた戸嶋は「まずは、ロボットを見せてよ」と乞うた。そして今日、三人でフクモト製作所にやって来た。時刻はちょうど午前十時だ。

戸嶋は周囲に、「お邪魔します」「お疲れっす」と笑顔で声をかけながら進み、それを、つば付きの白いヘルメットをかぶった薄緑色の作業服姿の従業員たちが訝しげに見る。従業員たちは、年齢・性別ともばらばらで、外国人もいた。明日花たちがさらに進むと、

「だから言ったじゃないか!」

と、尖った声がした。見れば、通路の脇に男性が三人立っていた。手前の一人は若く、黒縁のメガネをかけている。その向かいに声の主と思しき、五十代前半ぐらいの恰幅のいい男性と、福本容蔵がいた。メガネの男性はうなだれ、福本は厳しい顔で胸の前で腕を組んでいる。

「お前は、こだわりすぎなんだよ。試作にこんなに手間をかけて、どうするんだ」

そう続け、恰幅のいい男性は手にしたものをメガネの男性に突き付けた。それは箱状の金属で、内側に複雑な形状のへこみがあるので、何かの金型だろう。メガネの男性は「すみません」と頭を下げ、恰幅のいい男性はさらに何か言おうとした。それを

福本が「もういい」と止め、恰幅のいい男性も頭を下げた。

「申し訳ありません。続きは、私がやります」

「いや。稲富に、最後までやらせろ」

福本はそう返し、稲富というらしいメガネの男性は驚いて顔を上げる。恰幅のいい男性も顔を上げ、眉根を寄せて応えた。

「しかし、予算が。もうかなりオーバーしてますよ」

「ここまで来たら、仕方ねえ。後で帳尻が合えば、それでいいんだよ。俺だって、昔はさんざんやらかしたじゃねえか。覚えてるだろ？　加工品に、デカい打痕が残っちまって」

「ああ、あれですか。忘れられませんよ。どうしようかと、血の気が引いて」

恰幅のいい男性はさらに眉根を寄せて言い、福本は顎を上げて豪快に笑う。それで場の緊張が緩み、福本は稲富に「いいから、作業に戻れ」と促した。が、稲富は「すみません！」と繰り返し、頭を下げる。と、福本はまた厳しい顔になって告げた。

「すまねえと思うなら、仕事で取り返せ。それが職人ってもんだ」

すると稲富ははっとして、「はい！」と応えた。福本と恰幅のいい男性に会釈し、その場から歩き去る。とたんに戸嶋が、「く〜っ！　カッコいいじゃねえか」と騒ぎ、福本たちが振り向いた。

「来てたのか。遠くまで、悪いな」

福本は言い、恰幅のいい男性もその場を離れた。「なんのなんの」と、戸嶋が笑う。

「いい工場だね。匠の技、町工場の星って感じ……で、ものはどこ？」

「あっちだ」

ヘルメットを外して前方を指して、福本は歩きだした。明日花たちも続き、さらに通路を進む。

福本が立ち止まったのは、工場の奥だった。鉄製の壁の前に、今は使っていないらしい機械が並び、その中央に、高さ五十センチほどの鉄製の台がある。台の上には何か載っているが、白い布で覆われていた。福本は腕を伸ばし、白い布を掴んで剝がした。

露わになったのは、長さと太さが異なる樹脂製の白いパイプを、丸い歯車のようなパーツでアーム状に繋げた機械。全長七十センチ、高さは一メートルほどで、先端は、ペンのように細くなっている。

「これが、『ＭｅａｌＢｏｔ』。フクモト製作所とドリームロボティクスが共同開発したロボットだ」

ＭｅａｌＢｏｔを指し、福本が告げた。「へえ～」と声を上げ、それを戸嶋が覗き込む。

「ロボットには種類があって、こういう人間の腕みたいのは、『垂直多関節型』っていうんだよな」

「MealBotは、お惣菜を容器に盛り付けるためのロボットでしょう？　で、工場とか病院とか、人と同じ空間で作業するものは『協働ロボット』って呼ぶんですよね」

負けじと、明日花も詰め込んだ知識を披露すると、福本は「よく知ってるな」と笑った。

「ロボットアームのパイプの部分は人の骨にあたるリンク、歯車は人の関節にあたるジョイントというんだ。この二つの組み合わせと動かし方で、人の肩や肘、手首と同じ働きをさせる訳だ。しかし、協働ロボットが普及してるのは大手の工場で、中小はまだまだ。スペースがないし、食品工場の場合、扱う惣菜が毎日のように変わるからな。デカくて高くて、扱う惣菜が変わる度にセッティングし直さなきゃならねぇロボットの導入は、ハードルが高い。だから西巻さんの、『コンパクトで価格も手頃、設定や管理が容易な盛り付けロボットをつくりたいんです』って話を聞いて、『そりゃいい』と乗ったんだ」

その説明に明日花は「そうだったんですね」と合点がいき、戸嶋も「職人魂に火が点いちまったんだな」と相づちを打つ。明日花の隣で、津原も言った。

「フクモト製作所は、精密板金加工やプレス加工、金型の製作などを得意とされているようですね。異業種との連携やベンチャー企業の支援にも熱心で、電気自動車や深海探査艇の開発と製造にも関わられたことがある」

「そうだ。若い連中を応援したいし、自分たちの仕事を残したいって気持ちもある……西巻さんとも、そんな話で盛り上がった。初めは何を考えてるのかわからなかったが、ロボットの話をすると止まらなくなったりして、熱い男なんだよ。一時は、息子みてぇに思ってたんだがな」

最後は声のトーンを落とし、福本は横を向いた。取りなすように、戸嶋が話を戻す。

「てな訳で、社長。ものを動かして見せてよ」

「わかった」と返し、福本はＭｅａｌＢｏｔの後ろに廻った。間もなく、かすかなモーター音がして、正面を向いていたアームが横に動いた。そこにも台があり、プラスチック製のコンテナボックスが載っている。続けて、アームの先のリンクが下がり、ペン状の先端から何か出てきた。見れば、先が閉じた状態の樹脂製の青い三本爪だ。爪はゆっくりと開いて下降し、コンテナボックスの中から鶏の唐揚げを一つ摑み上げた。するとアームは元の位置に戻り、正面に置かれたコンテナボックスに唐揚げをぽとりと落とした。戸嶋は「お見事！」と声を上げたが、福本は、

「ここまでは、普通の盛り付けロボットでもできる」

と返し、ＭｅａｌＢｏｔの操作を続けた。

アームは、先ほどとは反対側の台の上に置いたコンテナボックスの上に移動し、閉じた爪はリンクの中に戻った。と、ＭｅａｌＢｏｔは思案するように動きを止め、その直後、先端からは閉じた状態の二枚の板が出てきた。こちらも樹脂製で、板は開いて下降し、コンテナボックスの中から、今度はエビの天ぷらを挟んで持ち上げた。アームは正面のコンテナボックスの前に戻り、天ぷらを落とした。天ぷらは潰れたり、衣が剝がれたりはしていない。隣の鶏の唐揚げとは、数センチの間隔が空いていた。

「アンビリバボー！」

戸嶋が騒ぎ、明日花は「すごい」と感心し、津原も笑顔で拍手をした。ＭｅａｌＢｏｔの動きはロボット特有のカクカクしたものだが、動きは正確で音も静かだ。

「こいつのアームの先には、ロボットの指にあたるアタッチメントハンドが四種類内蔵されてる。いまの二種類とトング、ディッシャーで、視覚センサーも内蔵されてるから、こいつが自分で最適なアタッチメントハンドを選ぶんだ。価格も、一般的な協働ロボットは三百万から五百万円するが、こいつは二百八十万円だ」

そう語る福本の口調は熱っぽく誇らしげで、「こいつ」という呼び方には、ＭｅａｌＢｏｔへの愛情も感じられた。その姿に共感し、明日花も言う。

「ネットで、ＭｅａｌＢｏｔのデモンストレーション動画を見ました。本当に、かたちゃ大きさの違うお惣菜に迅速に対応して、正確に盛り付けますよね。発売された時は新聞やニュースで取り上げられて、すぐに注文が入ったって記事も読みました」

「そうか」とだけ返した福本だが、満足そうだ。津原も口を開く。

「僕も、とても便利で画期的なロボットだと思います。発売にあたり、西巻さんが海外の学会誌に発表された論文を読みましたが、本体のアームに、複数のアタッチメントハンドを接続したパイプを内蔵するというアイデアは、意外なものから発想を得たそうですね」

ネットの記事やＳＮＳの書き込みは読んだけど、論文まではチェックしてない。津原さん、すごいな。しかも、海外の学会誌ってことは英語？　そう浮かび、明日花が驚いていると、福本は「その通りだ」と頷き、ＭｅａｌＢｏｔの脇に来た。

福本がアームの先のリンクを弄ると、カチリと音がして樹脂製のフレームが外れた。リンクの中が露わになり、集まって覗き込んだ明日花と戸嶋、津原の目に、向かい合うかたちで縦に並んだ金属製のパイプが映る。パイプは四本あり、その下には、津原の言う通り、四種類のアタッチメントハンドが接続されていた。そしてその上部は、細く長いバネで包まれている。

この構造、何かに似てるな。明日花がそう思った時、福本が話を続けた。

「四年前に開発を始めてすぐ、どんなロボットをつくるかは決まった。問題は、具体的にどうするかで、あれこれ試したものの上手くいかなくてな。そんな時、近所に住んでる孫娘が遊びに来たんだ。孫娘は小学五年生なんだが、文房具が大好きで、鉛筆やらシャーペンやらが詰まったデカい筆箱を持ってた。それを何気なく見てたら、中にこれがあった」

そこで言葉を切り、福本は作業服の胸ポケットから何かを取り出した。それは一本のボールペンで、透明なプラスチック製の軸のてっぺんに、ユニコーンの小さな立体フィギュアが付いている。全体的にやや太めで、上部に赤や青、黒などに色分けされたレバー状のパーツが横並びに取り付けられている。各色のレバーの下には金属製の小さなバネが接続されていて、その中にインクの入った細い芯が収められているのもわかった。

「そうか。多色ボールペンに似てるんだ！」

明日花は声を上げ、戸嶋も「えっ、マジ⁉」と騒いで、福本が持った多色ボールペンと、リンクの中のパイプを交互に見た。

「確かに似てる。すげえな。多色ボールペンなら、俺も持ってるよ」

「よく売ってる三色とか四色の他に、六色や八色のもあるんですよね。さっき、ＭｅａｌＢｏｔを見た時、先の部分がペン先みたいだと思ったんです。当たってて嬉しい」

明日花たちはテンションを上げ、福本は多色ボールペンを手にさらに語った。

「インク芯を包んでるスプリングは、圧縮コイルバネといって、一色のレバーを押し下げると、そのバネが縮み、ペン先が軸から出ることでロックがかかる。で、他の色のレバーを押し下げると、ロックが外れてペン先が引っ込むって仕組みだ。それをロボットアームに応用できるんじゃねえかと閃いたんだが、バネの耐食性や、アタッチメントハンドの開閉で苦労してな。孫娘に『じいじにあげるから、がんばって』ともらったこのペンを、何十回と見直して、分解もしたよ」

「ご苦労があったんですね。食品工場は高温多湿な上に食塩を使うから、機械類にサビや割れが起こりやすいですし」

津原も言い、福本は首を大きく縦に振った。

「そうなんだよ。通常、ロボットには鋼鉄製のピアノ線でできたバネを使う。しかしこれは、張力は強いが、サビには弱いんだ。だからこいつには、ステンレス製のバネを使った。手がかかる特製品だが、ＭｅａｌＢｏｔは受注生産で、ここで捌ききれる数だったからな」

なるほど。確かにステンレスって、調理器具や厨房の機器に使われてるものね。納得し、明日花がライトグレーのバネに見入っていると、「てことは」と、戸嶋が話を変えた。

「フクモト製作所が取得した特許ってのは、このアームの構造の発明に対するものだろ？　なら、ＭｅａｌＢｏｔの発売後、ドリームロボティクスからは製造報酬の他に、特許の使用料が支払われていたはずだ。製造請負契約を更新しねえでＭｅａｌＢｏｔをリニューアルするなら、使用料はどうなんの？」

「確認してねえ。今回のことは、筋の問題だって言ったろ？　それに、特許を取ったのは工場のためで、俺自身は、かたちのねえもので商売する気はねえんだ。この手でいいものをつくれりゃ、それでいい」

福本はそう語り、明日花は潔い人だなと感じた。一方で、ちょっときれいごとかなという思いもよぎる。が、戸嶋は「まあな」と頷き、

「金より筋。権利だの法律だの言っても、筋の通らねえ話は受け入れられねえよな」

と、同調した。「その通り」と福本が力強く頷く。

「あんた、戸嶋さんだっけ？　若いのに、わかってるな」

「俺、元ヤンキーだからさ。筋だのメンツだの、こだわっちゃう訳よ」

したり顔で語る戸嶋に福本は、「そうかそうか」と返し、二人ではははと笑う。場は和んだが、明日花は脱力して息をついた。

「元ヤンキー」は、実は慶應大卒・世田谷育ちのボンボンの戸嶋が、仕事を得るために考えたキャラクター設定で、誰とでもタメ口で話し、常に黒か白のジャージを着て胸に弁理士バッジを付けるというのも、その一環。そう理解していた明日花だが、今

回一緒に動くことになってさすがにどうかと思い、今朝、二人きりの時に津原に話してみた。しかし返事は、「戸嶋くんには、戸嶋くんのスタイルがありますから」だった。

戸嶋たちを笑顔で見守っていた津原だが、「さて」と話を戻した。

「今後はどうされますか？　僕にお任せいただけるのなら、ドリームロボティクスと和解するのがベストだと思います。和解とは、和解あっせん手続のことで、裁判を行わずにトラブルを収める方法です」

「和解？　今さらそんなもん、できるか。俺はもう何十回も『訳を聞かせてくれ』『話し合おう』と言ってるが、西巻さんは無視し続けてるんだぞ」

怒りを露わにし、福本は訴えた。それに津原が「ごもっともです。しかし」と返そうとした矢先、戸嶋が割り込んで来た。

「和解ったって、仲直りしろって意味じゃねえよ。言いたいことは言い、聞きたいことも聞く。当然、もらうものも、きっちりもらうぜ」

「そうなのか？」

福本に問いかけられ、津原は「そうです」と返し、明日花も頷く。また戸嶋が言った。

「それに、この津原先生。格好は老けた草食系男子って感じだけど、立派な弁護士だから。企業法務が専門で、前いた事務所じゃ、白雪自動車や、東都生命を担当してたんだから。ロボット関連だと、たちばな重工と富士野技研も」

老けた草食系男子って、あんまりなたとえだけど、言えてる。ていうか、白雪自動車や東都生命？　どっちも日本を代表する大企業で、たちばな重工と富士野技研も、ロボット業界じゃ大手じゃない。明日花は驚き、福本も「本当か？」と問うたが、津原は黙って微笑むだけだ。代わりに戸嶋が「ホントホント」と返し、

「俺も専門委員って立場で、がっつりサポートするし。俺らを漢と見込んで、任せてくれよ」

と訴えて福本に歩み寄り、その肩を両手で摑んだ。漢って、私もいるのに。明日花は心の中でグチったが、福本は意を決した様子で、「わかった」と頷いた。とたんに、戸嶋はくるりと首を回し、

「てな訳で、津原さん。和解あっせん申立書をちょうだい」

と告げて手を突き出した。「はい」と、津原はダッフルコートに斜めがけにしたバッグから書類を出し、戸嶋に渡す。戸嶋はそれを福本に見せ、さらに言った。

「じゃ、これ書いて。事務所に移動した方がいい？　なら、ついでにMealBot関連の書類を見せてよ。CAD図面、製造請負契約書、その他もろもろ」

福本は和解あっせん申立書を受け取り、「あっちだ」と、通路を出入口に向かった。

「よっしゃ」と戸嶋も歩きだし、津原も続く。一緒に歩きだした明日花だが、戸嶋から聞いた津原の話が気になり、落ち着かない。それを勘違いしたのか、戸嶋が振り返った。

「心配しなくても、大丈夫だって。あれ見なよ」

そう言って足を止め、傍らの壁を指す。明日花と津原も立ち止まって見ると、壁には大きなパンチングパネルが取り付けられ、そこに並んだフックに、電気ドリルや電動グラインダー、ペンチやドライバーなどの工具が向きを揃え、コードのあるものは束ねてぶら下げられていた。

「ちゃんとしてるだろ？　従業員のみんなの動きも、きびきびしてムダがねえ。歳や性別、国籍も違う従業員たちをそうさせるのは、社長の技術力と人間力。さっきの、稲富って人とのやり取りを見ても、明らかだ。だから俺も、社長の力になりてぇと思ったんだよ」

そう語る戸嶋は真剣で、さっきの福本のように熱っぽい。キャラ設定はどうかと思うけど、ちゃんと見るところは見てるんだな。つい明日花が感心すると戸嶋は、

「な？　一緒にがんばろうぜ……そもそも、社長を津原さんとこに連れて来たのは、明日花ちゃんなんだし」

と話をまとめ、歩きだした。そう言われて責任と不安を覚え、明日花は「いいんで

すか？」と津原に訊ねた。振り向いた津原は「まあ、何とかなるでしょう」と笑い、戸嶋に続いた。不安は消えなかったが、津原がそう言うなら従うしかない。青いコートの肩にかけた黒いバッグのショルダーを摑み、明日花も歩きだした。

5

「なんだ。みんな、カジュアルじゃん」

　その声に、津原元基は隣を見た。そこには戸嶋光聖がいて、顔を傍らにあるガラス張りの壁に向けている。壁の向こうは廊下で、行き来している人はみんな若く、ニットにパーカー、ジーンズといったスタイルだ。

「昨日の帰り際、明日花ちゃんに『明日だけでも、襟の付いた服で行きませんか？』って言われちゃってさ。仕方がねえからこれ着て来たんだけど、意味なかったな」

　そう続け、戸嶋は顔を前に戻して身につけたものを指した。それはいつも通り黒いジャージの上下で、左胸には、正義を意味する菊花と、国家の繁栄の象徴である五三の桐花が刻印された、弁理士の徽章が光っている。が、言われてみれば、その首元には襟のようなものがあり、どうやら、前開きのジャージのファスナーを途中で止め、ハイネックを左右に開いて襟に見立てているらしい。

「お気遣い、申し訳ありません。戸嶋くんは、優しいんですねえ」

微笑んで返した津原だが、内心では優しいというよりお人好しで、それも育ちの良さの表れかと思う。このジャージにしても、ジャケットとパンツの両脇がヒョウ柄で、左胸にはドクロのイラストといかついが、シミやシワはなく、フローラルな柔軟剤の香りを漂わせている。

と、ファスナーを上げる音がして、戸嶋はジャージをハイネックにした。

「まあな。俺はヤンチャしてた頃も、女子どもには手を出さねえって決めてたから。もちろん、動物にも優しく、電車の中でお年寄りや妊婦さんを見かけたら、速攻で席を譲り――ところで、遅くね？　約束の時間はとっくに過ぎたぜ」

そう問いかけ、また廊下の方を向く。「ですねえ」と返し、津原が腕時計を覗くと、午後一時十五分だ。

昨日はあの後、四人でフクモト製作所の事務所に移動した。そこで津原は福本に助言し、和解あっせん申立書に必要事項を記入してもらった。同時に、戸嶋は福本が揃えたＭｅａｌＢｏｔに関する書類や図面を明日花に手伝わせて整理し、必要なものはコピーも取った。

そしてニュー東京ビルヂングに戻った後、津原はドリームロボティクスに電話をかけ、法務担当の小里という女性社員に、福本が同社に対して和解あっせんの手続を取ったこと、社長兼ＣＥＯである西巻にその中立書に目を通してもらい、手続に同意するか否かを決めて欲しいことを伝えた。すると小里は「折り返します」と応え、しばらくしてかかってきた電話で、「明日の午後一時、本社においで下さい」と言われた。

そこで今日、戸嶋と二人で豊洲にあるドリームロボティクスの本社を訪れると、西巻の部下らしき若い男性が、この会議室に案内してくれた。その男性がさっきコーヒーを運んで来たので確認したところ、西巻は、前の商談が長引いているらしい。廊下と反対側の壁もガラス張りで、外の運河が一望できる。日射しで光る河面は美しいが、風が強いようで、手前の遊歩道を歩く人たちの上着の裾が、はためいているのがわかった。

「せっかくなので、この時間を準備に充てましょう……和解にあたっての福本さんの条件は、事情説明と謝罪、リニューアル後のＭｅａｌＢｏｔの製造販売の差し止めと、フクモト製作所への製造発注の再開。加えて、損害賠償金として、五百万円の支払いですね」

そう告げて、津原は机の上に置いた和解あっせん申立書を見た。「ああ」と頷き、戸嶋も隣から覗く。

「損害賠償金のベースは、フクモト製作所がＭｅａｌＢｏｔの製造を継続できてれば、得られたはずの利益。リニューアル後のＭｅａｌＢｏｔの詳細がわからねえから、現行モデルをもとに算定したんだけど、製造請負契約書によると、ＭｅａｌＢｏｔの特許の使用料は販売額の三・七パーセント。あのロボットは一台二百八十万円で、これまでに十七台売れたそうだから、その額に製造報酬や福本さんが受けた精神的苦痛を乗っけて、五百万円ってわけ」

「妥当だと思います。今回の場合、争点はリニューアル後のＭｅａｌＢｏｔになるはず。発売前で情報が一切なく、福本さんがリニューアル後の特許権について未確認というのは気になりますが、こちらには特許権の『技術的範囲』という切り札がありま す……昨日、戸嶋くんは江見さんに頼まれて、これの解説をしていましたね」

ふと思い出して言うと、戸嶋は「そうそう。でも明日花ちゃんが、『すみません。話についていけない』って言うから、途中でやめたけどな」とぼやき、津原は笑った。

真面目で勉強熱心な明日花だが、若さゆえか、自分の容量や能力を把握できていないようだ。

「あれでも、わかりやすく説明したつもりなんだぜ……技術的範囲ってのは、特許出願時に提出する『特許請求の範囲』って書類に書く項目。で、その項目と同じ製品を、他の会社がつくったり売ったりすると、特許権の侵害になるんだ。特許請求の範囲には複数の項目を書けるから、他の会社の製品がその項目の全部を備えてるかどうかで、技術的範囲に含まれるか否かを判断する。たとえば、このボールペン」

津原を相手に解説の続きをするつもりか、戸嶋はジャケットのポケットから一本のボールペンを出した。多面的なカットを施された透明なプラスチック製の本体の先に、黒いキャップが付いている。

「俺がこれの特許請求の範囲を書くなら、『①インクの入った芯材(しんざい)　②芯材を囲む多面的なカットが施されたペン軸　③①と②を備えたボールペン』って感じかな。で、他の会社がこれの本体に、無断でゴムのグリップを付けて販売すると、①と②と③の要件を満たしているから、技術的範囲に含まれ、特許権侵害になる。一方、本体に多面的なカットを施さずに販売すれば、①の要件は満たすが、②は満たされねえから、技術的範囲に含まれず、特許権の侵害にはならねえってわけだ」

話の途中から顔が引き締まり、口調も真剣になっているが、気づいていないようだ。

「とてもわかりやすいし、的確です。損害賠償金の算定といい、やりますね。独立したばかりとは思えませんよ。今の調子で解説し直せば、江見さんにも理解できるし、戸嶋くんを見直すでしょう」

津原が感想を述べると、戸嶋は「だよな？　ついでに、俺に惚(ほ)れちゃったりして」と返して、いひひと笑い、話を変えた。

「けど、今日は明日花ちゃんにも来て欲しかったよな。この事案を持って来たのは彼女だし、西巻さんとも面識があるんだろ？」

「面識があるから、来なかったんですよ。江見さんは一昨日(おととい)ドリームロボティクスの入社試験を受け、結果待ちの状態ですから。まあ、本人曰(いわ)く『不採用間違いなし』だそうですが」

津原の説明に、戸嶋は「そうそう、そうだった」と笑う。

江見さんは、「でも、ひどい会社みたいだし、こっちからお断りですよ」とも言ってたけど、あれは半分、負け惜しみだな。にしても、そろそろ再就職してもらわないと、バイト代の支払いがキツい。それに……。そこまで考え、津原は、近ごろ明日花に、自分を観察しているような気配があるのを思い出す。面倒臭さと警戒心が湧き、同時に戸惑いも覚える。と、その時、ノックの音がして会議室のドアが開いた。

「失礼します」

会釈して言い、部屋に入って来たのは、タブレット端末を抱えた若い女性。声に聞き覚えがあるので、昨日電話で話した小里だろう。その後ろには、西巻理人。ネットや新聞などの記事で見たのと同じ、白い顔に真ん中分けの黒髪という容貌(ようぼう)だ。そして最後に入室したのは、中年男性の二人組で、それぞれ上着の襟に、弁護士と弁理士の徽章を付けている。小里と西巻はカジュアルなスタイルだが、弁護士と弁理士はスーツ姿。それを見て、戸嶋は慌ててファスナーを下げ、ジャージに襟をつくった。

「お待たせして、申し訳ありません」

西巻がドアの前で頭を下げ、津原は笑顔で「こちらこそ、突然すみません」と返し、戸嶋と立ち上がった。それから、津原たちは名前と肩書きを名乗り、西巻たち四人と名刺を交換した。弁護士は大柄で芳田、弁理士は小柄で国場というらしい。向かい合って着席し、西巻たちの分のコーヒーを運んで来た若い男性が退室すると、津原は口を開いた。

「昨日お伝えしたように、フクモト製作所の社長・福本容蔵さんが、貴社と共同開発したロボット・ＭｅａｌＢｏｔの製造発注について、貴社との和解あっせんの手続を取られました。こちらが、その申立書です」

そう告げて腰を浮かせ、西巻の前に申立書を置く。西巻はそれを手に取り、目を通した。凹凸の少ない顔立ちなので表情は読みにくいが、落ち着いているようだ。

リサーチによると、西巻理人は国立大学の工学部卒。海外留学や大手電気機器メーカー勤務などを経て、十五年前にドリームロボティクスを創立した。主に食品産業を対象として、画期的なロボットを開発・販売して注目を集め、社員数は五十名ほどだ。

間もなく、西巻は申立書を隣の芳田に渡し、彼はそれを隣の国場と一緒に読んだ。やがて二人は横を向いて目配せし、それを受けて西巻はこちらを見て告げた。

「和解あっせん手続に同意し、損害賠償金は全額お支払いします」

そのきっぱりとした口調に、戸嶋は「マジ？」と驚き、津原は「ありがとうございます」と会釈する。西巻は続けた。

「ＭｅａｌＢｏｔのリニューアルと製造請負契約の終了については、福本さんにきちんとお伝えしたつもりです。しかし、彼の発想と技術なしに、あのロボットは生まれませんでした。五百万円は感謝と敬意の印です。今回の件の事情説明と謝罪についても、善処します」

無表情だが、真意のようだ。すると戸嶋は、

「いいじゃん、わかってるじゃん。西巻社長、いい人だね」

と親指を立てて見せた。その態度に小里が驚き、芳田と国場は眉をひそめたものの、西巻は「それはどうも」と笑った。目尻が下がり、柔らかく幼い印象に変わったが、すぐに元の表情に戻り、告げた。

「とはいえ、他の和解条件、つまり、リニューアルしたＭｅａｌＢｏｔの製造販売差し止めと、フクモト製作所への同機の製造発注については、拒否します。フクモト製作所には、現行モデルの開発時に十分な資金と報酬、発売後にも、製造報酬と特許の使用料を支払っています」

損害賠償金の支払いをあっさり承諾したのは意外だけど、他の条件への回答は、予想通りだな。津原は思い、戸嶋も同感だったのか、本題に入った。

「そのリニューアルなんだけど、どこをどう変えるの？　フクモト製作所が取得した

特許権の技術的範囲に含まれるものなら、使用料を払い続けてもらわねえと。社外秘で突っぱねても、発売したあと特許権を侵害してるとわかったら、和解どころか、訴訟だぜ？」

向かいを見据え、畳みかけるように問う。と、国場が「それは私が」と挙手して答えた。

「無論、特許権の技術的範囲に該当する項目があれば、使用料をお支払いします。その旨、福本さんにお報せしなかったのは、必要がないからです」

「どういうこと？」と、戸嶋が首を傾げ、津原は胸にざわめきを覚える。その直後、西巻は隣に手を差し出し、小里からタブレット端末を受け取った。そして、

「この春、発売予定のＭｅａｌＢｏｔのニューモデルです。特別にお見せしますので、ご確認下さい」

と言って、タブレット端末をこちらに差し出した。津原より早く戸嶋がそれを受け取り、見る。脇から覗くと、液晶ディスプレイには、数枚の画像が表示されていた。被写体は、白い樹脂製の垂直多関節ロボット。質感とサイズ、操作パネル付きの台に据えられているところは、現行のＭｅａｌＢｏｔとほぼ同じだ。

「ご確認下さいって、どこを？」

怪訝そうに戸嶋が問い、津原も西巻の意図がわからない。が、別の画像に目がいき、

はっとする。「戸嶋くん。これ」と肩を叩くと、戸嶋も画像を見た。

それはMealBotのアタッチメントハンドを紹介したもので、開いた状態で惣菜を摑んだりすくったりしている。しかし、その種類は三つ。

「あれ？　アタッチメントハンドの数が減ってる」

「その通り」

向かいで西巻が言い、こう続けた。

「ニューモデルはアタッチメントハンドを減らし、そのぶん、操作性を高めました。確認したところ、フクモト製作所が申請した特許請求の範囲には、『ロボットアームの第六軸に内蔵された、四種類のアタッチメントハンドを取り付けた、四本の軸棒』と記載されていました。なので、三種類のみのニューモデルは、特許権の技術的範囲には含まれないということになります」

「そりゃそうだけど……どういうことだ？　なんでこんな」

戸嶋はうろたえ、彼を「落ち着いて」となだめた津原も動揺し、同時に疑問と違和感を覚えた。しかしそれを押しとどめ、顔を上げた。

「おっしゃる通りです。では、この画像のコピーをいただけますか？　できれば、ニューモデルの図面も。和解あっせん手続に合意していただいたので、近日中に第一回の審理を行います。それまでに、中立人の意向を再確認したいと思います」

丁寧かつ穏やかに申し出たが、西巻の返答は「そちらの画像は構いませんが、図面はご勘弁下さい。発売前で、現在も動作試験をしていますので」だった。津原が食い下がろうとした時、芳田が言った。

「現状の条件のまま和解した方が、そちらのためだと思いますよ」

「どういう意味でしょう？」

「福本さんは、西巻さんに電話をかけたり、メールを送ったりするだけではなく、ノーアポイントでドリームロボティクスを訪れ、応対した社員を怒鳴りつけたり、受付前に居座ったりしています。加えて、たびたび西巻さんを尾行する、自宅に押しかけるなどの行動もみられます」

「えっ!? 社長、そんなことしてたの？」

戸嶋が声を上げ、西巻は「ええ。車のドライブレコーダーや、防犯カメラの映像にも残っています」と補足した。言葉に詰まった戸嶋と津原に、芳田は強い口調で言い渡した。

「西巻さんは、ご自身だけではなく、ご家族にも危険が及ぶのではとつねづね懸念されていました。すると昨日、津原先生から連絡があり、それで被害が止むならと、和解あっせん手続に応じ、損害賠償金を支払うと決めました。従って、こちらからの和解の条件として、つきまとい行為と、西巻さん及び、ドリームロボティクスに対する批判的な発言の禁止を求めます」

「ちょっと待ってよ」

そう言って腰を浮かせた戸嶋を無視し、芳田はさらに続けた。

「福本さんのしたことは、悪意に基づくつきまとい行為です。迷惑防止条例に抵触する犯罪で、一年以下の懲役または、百万円以下の罰金が科されます」

その通りなので、戸嶋はぐっと黙って椅子に腰を戻し、すがるような目でこちらを見た。しかし津原も何も言わず、向かいの四人を見た。

ニューモデルは特許権の侵害にはあたらず、要望通りのお金も支払う。だから、ＭｅａｌＢｏｔは諦めろ。さもないと、つきまとい行為を告発するぞってことか。昨日、僕が和解あっせん手続の中立について連絡した後、その筋書きを考えたんだろうな。

そう察するや否や、津原の頭は冴え冴えとして、回転を始めた。

「ちょっと、津原さん。笑ってる場合じゃないでしょ」

戸嶋に囁かれ、津原は自分が薄く微笑んでいることに気づいた。

6

同じ頃、明日花は新橋のニュー東京ビルヂングの近くにあるレストランにいた。和解センターノーサイドの事務所で留守番をしていたら、幼なじみ兼親友の小森玲菜から、「区役所の仕事で近くに来たから、ランチしよう」と連絡があったのだ。

「ふうん。じゃあ、事務所に行っても、津原さんはいないんだ。残念だなあ。明日花がお世話になってます、って挨拶したかったのに」

玲菜はのんびりと言い、フォークの先に巻き付けたパスタを口に運んだ。テーブルの向かいに着いた明日花は、顔をしかめて返す。

「やめてよ。和解あっせん手続に納得がいかないから、話し合うために事務所に通いだしたのに、なぜかその手続を手伝う流れになってるし。バイト代は安いし、片付けは永遠に終わりそうもないし」

「へえ。じゃあ、早く就職先を決めないとね。ロボット系のベンチャー企業を受けるって言ってたけど、どうだった？」

「惨敗。でも、妙なことになっちゃって……聞いてくれる？」

そう問い返し、明日花は身を乗り出した。午後一時半近くなり、店内に客の姿はまばらだ。白いクロスがかかった明日花たちのテーブルには、空になった明日花の皿や、まだ半分近くパスタが残った玲菜の皿などが載っている。口の中のものをゆっくり咀嚼しながら、玲菜は首を横に振った。

「ダメだよ。和解あっせん手続の話でしょ？　津原さんが守秘義務違反に問われるって、前にも言ったじゃない」

「そうだけど」と返した時、店員の男性が明日花に食後のコーヒーを運んで来た。ついでに空いた食器を下げ、玲菜の前の、底にレタスの切れ端が数枚張り付いたサラダボウルも下げようとした。と、玲菜は素早くサラダボウルを引き寄せ、「まだ食べます」と男性に告げた。謝罪して男性は立ち去り、玲菜はフォークの先で器用にレタスをすくい、口に運んだ。それを、相変わらずだなと眺めた明日花だが、閃くものがあって言った。

「なら、津原さん個人のことならいい？　実はあの人、バツイチで、元奥さんと暮らしてる娘さんがいるらしいの。別れたとはいえ、あの変わり者にどんな奥さんが……まあ、それはいいとして、津原さんって、前いた弁護士事務所では、白雪自動車とか東都生命、たちばな重工や富士野技研も担当してたんだって。すごくない？」

昨日の戸嶋の話を思い出しながら、捲し立てる。それをふんふんと聞き、玲菜は口の中のものをグラスの水で呑み込んだ。今日、彼女はパステルカラーのセーターに、水玉模様のロングスカートという格好で、明日花は白いブラウスに赤いカーディガン、黒いワイドパンツというコーディネートだ。

「普通でしょ。津原さんが前にいたのは有名な弁護士事務所だから、顧問契約してるのも、大企業ばっかりなのよ」

「まあね。問題は、その有名な事務所をなんで辞めたかよ。独立したんだとしても、いまやってるのは企業法務じゃなく、和解あっせん手続よ？　しかも、それだけじゃ食べていけなくて、バイトまでしてるし……前の事務所で、何かあったのかな？　ひょっとして、奥さんとの離婚絡み？」

昨日今日と考えていたことを、問いかける。津原本人に訊くのははばかられ、戸嶋に訊いたが、「紅林さんからのまた聞きだから、よくわかんねえ」と言われた。では、と紅林のオフィスを訪ねたところ、留守だった。

「津原さんって、四十代半ばぐらい？　なら、いろいろあって当然でしょ。半分ぐらいしか生きてない私たちだって、それなりにいろいろ……そう言えば、前にここと似たレストランで合コンしたよね。で、何かの時事ネタになって、明日花がド正論をドヤ顔で語って、男の子たちがドン引きしちゃって」

それは本当で、なぜドン引きされたのか、いまだに納得がいかないのだが、明日花は「いいから」と話を戻した。

「津原さんが前にいた事務所のことを教えてくれたのは、玲菜でしょ。事務所の名前はわからない？　津原さんの名前でネット検索しても、めぼしいものは見つからないのよ」

テーブルに置いたスマホを取り、明日花は訴えた。それを呆れ顔で見て、玲菜が返す。

「見つからないってことは、探らない方がいいってことなんじゃない？　ていうか、明日花、津原さんに興味津々だね。このまま、バイトを続けたら？」

「まさか！　津原さんは和解とか、トラブルの当事者が納得する落とし所とかに、やたらとこだわるのよ。だから、何かあるのかなと思っただけ。それに、和解のためなら手段を選ばずだし、いつもうっすら微笑んでるかと思ったら、時々ぞっとするほど冷たい目をするし――つまり、矛盾や不合理なことが多過ぎ。そういうの、私は放っておけない性格でしょ？」

後半は考えなしに、口をついて出るまま言葉を並べた。玲菜の返事は「へえ」だけだったが、明日花は自分の好奇心や、もやもやの正体はそういうことかと合点がいく。さらに言葉を続けようとした矢先、ある記憶が蘇り、問うた。

「そう言えば、玲菜。津原さんが大手の事務所にいたって教えてくれた時、そこの所長さんは『無罪の神様』って呼ばれてるとも言ってなかった？」

すると玲菜は「言ったかも」と言い、明日花は迷わずスマホを構えた。画面の下に表示された検索ブラウザの枠に、「弁護士　無罪の神様」と打ち込んでエンターキーをタップする。

と、画面が切り替わり、検索結果が表示された。「無罪の神様がまた勝利！」「無罪の神様とは何者なのか？」といった、新聞やＷｅｂニュースの記事らしきものが並んでいる。その一つをタップすると、また画面が切り替わった。

表示されたのは、何かの裁判の記事。文言の横の画像には、裁判所らしき建物の前に、プラカードや垂れ幕などを持って立つ人々が写っている。そしてその下に、一人の男性の画像があった。歳は七十過ぎぐらいだろうか。白髪で、地味だが高そうなスーツを着ている。その、彫りの深い個性的な顔立ちにはっとし、

「まさか」

と呟いた明日花だが、画像の下の文字を見て、さらにはっとする。そこには、「暁光法律事務所所長　津原善行氏」とあった。

7

やっぱり似てる。そう確信し、明日花は横目で隣を窺った。そこには津原が座り、前を向いている。

苗字も同じだし、あの暁光法律事務所の津原善行って所長さんは、津原さんのお父さんよね。続けて考えると胸がざわめき、好奇心も増した。

ひょっとして、津原さんって跡継ぎ？　なら、事務所を辞めたのには、よほどの理

由が……。明日花がさらに頭を巡らせたところ、津原が顔をこちらに向けた。視線がぶつかるとにっこりと笑い、言う。

「どうかしましたか？」

「いえ、なにも」と慌てて明日花が返すと、津原を挟んで座った戸嶋が、話を中断してこちらを見た。

「ちょっと、明日花ちゃん。聞いてる？」

「すみません。聞いてます」

そう答え、明日花は前に向き直った。そこには黒いビニールレザーのソファがあり、作業服姿の福本が座っている。ガラス製のローテーブルを挟んで、明日花と津原、戸嶋も同素材のソファに座っていた。

今日はあのあと玲菜と別れ、和解センターノーサイドの事務所に戻った。すると津原から連絡があり、「戸嶋くんと福本さんのところに行くので、江見さんも向かって下さい」と言われた。そこで電車に乗り、大森のフクモト製作所に来た。ここはその事務所で、奥に並んだ机の一つには、昨日来た時にはいなかった、パーマヘアの中年の女性が着いている。さっきお茶を出してもらった時に挨拶(あいさつ)したが、事務担当の長坂(ながさか)というそうだ。明日花たちがいるのは、事務所の出入口近くの応接スペースで、傍らの窓越しに、工場を出入りする車や従業員が見える。時刻は午後四時前だ。

四人が顔を揃えると、津原はドリームロボティクスでの出来事を説明してくれた。それを聞いた福本は驚き、明日花も驚きはしたが、津原の父親と思しき弁護士の写真が頭をちらつき、いまいち集中できない。と、戸嶋も前を向き、話を続けた。

「さっきも言ったけど、勘弁してよ。俺ら、社長が西巻さんに電話やメールをして、会社に行ったとは聞いたけど、つきまとい行為をしたなんて、聞いてねえから」

「そんなことしてねえぞ。俺は、会社を出た西巻さんに付いて行って、家の場所がわかったから、話をしようと訪ねただけだ」

不服そうに顔をしかめ、福本が返す。すると戸嶋も顔をしかめ、「だ〜か〜ら〜」と声を大きくして告げた。

「それがつきまとい行為、犯罪なんだってば」

「仕方がねえだろう。今回の件は、どう考えてもおかしいんだよ。西巻さんとは上手くやってたし、MealBotだって、数は多くねえが堅調に売れてて、これからって時だったんだ。それを、いきなり」

そこまで言って口を閉じ、福本はローテーブルの上の湯飲み茶碗を摑んでお茶を飲んだ。その表情には、怒りと悔しさに加え、哀しみも浮かんでいる。それを見た戸嶋は息をつき、明日花もやりきれない気持ちになった。一方、津原は考え込むように黙っている。口調を少し和らげ、戸嶋が話を再開した。

「とにかく、今後のことを考えよう。和解あっせん手続の第一回の審理は、一週間後って決まったし……ドリームロボティクスでもらったニューモデルの画像を見直してみたけど、向こうの言う通りだ。これは、特許権の技術的範囲には含まれねえ。ニューモデルのアタッチメントハンドと軸棒の数は三。一方、フクモト製作所が取得した特許権の請求の範囲は、四種類のアタッチメントハンドが取り付けられた、四本の軸棒なんだ。製造請負契約とか他の関係書類もチェックしたけど、付け入る隙なしだよ」

「これは」と言う時には、ローテーブルの上の画像をプリントアウトしたものを指し、語る。そして福本の顔を見て、こう告げた。

「だから、社長。向こうの条件を呑んで和解した方がいいと思う。悔しいけど、仕方がねえよ」

とたんに福本は「なんでだよ!」と返し、湯飲み茶碗を置いて立ち上がった。その衝撃でお茶がローテーブルにこぼれ、長坂が顔を上げる。

「向こうは、俺からMealBotを取り上げるつもりなんだぞ。あのアームは、俺が発明したんだ。諦めねえからな」

「って言われても、条件を突っぱねたら、これまでのつきまとい行為を告発されるぞ。そうなったら工場の経営に影響するし、従業員のみんなにも迷惑がかかる。五百万円はもらえるんだし、いい落とし所じゃねえか」

　福本の勢いに押されたのか、身を引いて戸嶋が返す。そこに「二人とも、落ち着いて」と割り込み、明日花は隣を見た。しかし津原は考え込んだままなので、顔を前に戻して言う。

「状況はわかりました。それでも私は、ドリームロボティクスがしようとしてることは、間違ってると思います。戸嶋さんも昨日、権利だの法律だの言っても、筋の通らない話は受け入れられないって言ったでしょ？」

「言ったけど、でも」と返そうとした戸嶋を止め、明日花は先を続けた。

「それに、疑問もあります。ドリームロボティクスは、なんでＭｅａｌＢｏｔのニューモデルのアタッチメントハンドを、四種類から三種類にしたんでしょう？　特許権を侵害しないためとはいえ、一つのアームで複数のお惣菜を盛り付けられるのが、このロボットの魅力なのに」

　そう問いかけながら、ローテーブルの上を指す。仏頂面ながらも、「そりゃ、素人から見りゃそうだろうが」と答え、福本はプリントアウトした画像を手に取った。と、約三十秒後、「確かに妙だな」と呟き、顔を上げた。

「西巻さんは、アタッチメントハンドを減らすことで操作性を上げたと言ったんだろ？　しかしこの画像を見る限り、リンクやジョイントの構造には変わりはねえし、そうとは思えねえ。よほど俺を切りたかったのかもしれねえが、ここまでやるのは不自然だ」

「そうなの？　なら、ここまでやる理由があるってことじゃん。それって、なに？」

戸嶋が問いかけ、福本と明日花を交互に見る。しかし福本は「わからねえ」と首を傾げ、明日花も困って、「津原さん。黙ってないで、会話に参加して下さい」と促す。

すると津原は明日花の声には応えず、向かいに語りかけた。

「福本さん。さっき、西巻さんにつきまとい行為をしたのは、今回の件がどう考えてもおかしいからだと言いましたよね。で、何かわかりましたか？」

思いがけない質問だったらしく、福本は戸惑い気味に答えた。

「いや。とにかく、よく動くとしか。外出のほとんどは商談で、接待も多かったな。役人みてぇな連中と、メシを食ったり」

「役人みてぇな連中？　何者でしょう？」

「わからねえよ。でも、よく会ってた」

「なるほど」

そう返し、津原は小さく頷いた。会話の意図が見えない明日花だったが、津原の口元にいつもの薄い笑みが浮かんでいる。すると、津原はその笑みを明日花に向け、言った。

「江見さん。出番ですよ」

8

三日後の午後二時前。明日花は、神奈川県川崎市にいた。高津区の、多摩川にほど近い工場街の一角に停めた、ミニバンの中だ。

「はい、これ」

そう言って、ミニバンの運転席に座った戸嶋が振り返った。後部座席の明日花に突き出されたその手は、小型のビデオカメラを摑んでいる。それを明日花が受け取ると、助手席の津原も、「僕からは、これを」と名刺の束を差し出してきた。こちらも受け取って見ると、「ファクトリーチャンネル　記者　山川あおい」と書かれ、下には、メールアドレスとWebサイトのURLらしきものも記されている。不安が湧き、明日花は問うた。

「本当にやるんですか？　とても、正しいやり方とは思えないんですけど。それ以前に、上手くいくと思えないし」

「他に方法はねえし、仕方がねえじゃん。それに、正しくねえのはドリームロボティクスも一緒。目には目を、喧嘩上等だよ」

最後のワンフレーズは拳を握り、険しい顔もつくって戸嶋が返す。それに津原が「喧嘩上等って、懐かしいフレーズだなあ」と呑気に応え、明日花は脱力して俯いた。

三日前はあの後、津原が「ある計画を思いつきました。上手くいけば、事態をひっくり返せるかもしれません」と明日花と戸嶋、福本に告げた。そして、「計画の主役は江見さんですが、戸嶋くんと福本さんも、力を貸して下さい」と続け、事務所の机に着いていた長坂に退席してもらった上で、計画の内容を話した。

「すまねえな、こんなことになって」

隣からの声に、明日花は顔を上げた。そこには福本がいて、申し訳がなさそうに自分を見ている。最初に会った時と同じ黒いダウンジャケットに茶色いスラックスという格好だが、あの時の勢いはない。責任を覚え、明日花は首を横に振った。

「いえ。私も、ＭｅａｌＢｏｔのリニューアルの裏には何かあると思うし、それを明らかにしたいです」

「なら、やるっきゃねえよ。ダミーのチャンネルもつくったし、打ち合わせ通りやりゃ大丈夫だって」

また戸嶋が言い、手にしたタブレット端末を操作して、こちらにかざす。その画面には動画の投稿サイトが表示され、枠の中では、どこかの工場の前に立った若い女性が話す動画が再生中だ。その下には、「ファクトリーチャンネル」というチャンネル名もあった。

「よくできてるとは思いますけど……戸嶋さんか津原さんに、一緒に来てもらえませんか？　私ひとりっていうのは、やっぱり不安で」

「行きたいのはやまやまですが、僕らは相手方に顔を知られています。その点、江見さんはグループ面接で一度会っただけですし、覚えられていないはずです。この三日間、僕と戸嶋くんは、西巻さんとその部下について調べました。すると、僕らがドリームロボティクスに行った時に応対してくれた若い男性は、森尾巧夢（もりおたくむ）といい、Mea1Botのニューモデルの開発部署にいるとわかりました。森尾のSNSを確認したところ、この数カ月、たびたび同じ場所を訪れ、そこで撮影した写真をアップしていました。その写真を福本さんに確認してもらうと、ドリームロボティクスが、Mea1Botの新たな製造元として契約したという噂のある金属加工の工場だと判明したんです」

そう応えたのは津原で、さっきフクモト製作所からここに向かう車中でも、同じ説明を受けている。ちなみに、このミニバンは、ニュー東京ビルヂングの管理人の清宮隆一郎から借りたものだ。明日花が「それはわかってますけど」と返すと、福本も言った。

「悔しくて、あの工場については調べたんだ。写り込んでる植え込みや、周りの建物からして間違いねえ。それに西巻さんは、ニューモデルは、今も動作試験をしてると言ったんだろ？　なら、決まりだ」

「あの工場」と言う時には、顎で通りの先にある建物を指す。頭を巡らせ、明日花は訊ねた。

「津原さん。三日前にフクモト製作所で話した時、何か考え込んでいましたよね。今回も、トラブルの裏にあるものに気づいてます？」

「さあ。どうでしょう」

笑みとともに、津原ははぐらかす。てことは、気づいてるなと解釈し、明日花は続けた。

「だからって、犯罪まがいなことをしなくても。バレたら、和解どころじゃなくなる気が」

頭には昨年末の、元夫婦とその息子の面会交流権をめぐる和解あっせん手続が浮かぶ。すると、津原は微笑んだままこう答えた。

「江見さん。僕は、勝算なしにリスクは冒しませんよ。そんな度胸はないし」

度胸のない人は、勝算があってもリスクは冒さないんじゃ。突っ込みは浮かんだが、確かに昨年末の一件も、津原は明日花の不安をよそに、結果的には和解を成立させている。腕時計を覗き、戸嶋が言った。

「てな訳で、明日花ちゃん。そろそろ時間なんだけど。どうしても納得できねえ、行きたくねえってことなら、無理強いはしねえぜ」

「いえ、行きます」

意を決し、明日花は答えた。納得はできないし不安も消えない。しかし、福本に力になれるかもと声をかけたのは、自分だ。津原に勝算があるのなら、それに賭けるしかない。

9

戸嶋と段取りを確認し、ミニバンを降りた。背中に津原たちの視線を感じながら通りを進み、目指す工場の前で立ち止まった。門扉は開いており、傍らのコンクリート製の門柱には「みらい電機工業株式会社」と書かれた表札が取り付けられている。

門からアプローチを進み、手前の建物に歩み寄った。黒いステンカラーコートを脱ぎ、玄関のガラス扉を鏡代わりに身なりを整えた。こちらも黒いパンツスーツという格好だが、就活用で、まさかこんなことに使うとは思わなかった。続けて周囲を確認し、ジャケットのポケットからワイヤレスのイヤフォンを出して片耳に挿し、髪の毛で隠した。イヤフォンに内蔵されているマイクが音を拾うように、語りかける。

「オフィスの前まで来ました。計画を開始します」

「了解。イヤフォンからこっちの指示を伝えるから、聞き逃すなよ。ビデオカメラも、操作を間違えないようにな」

イヤフォンから、戸嶋の声がした。「はい」と返し、扉を開けて建物に入った。

廊下を進み、手前のドアが開けっぱなしになっている部屋に入る。並んだ机に十名ほどの男女が着いており、明日花が視線をめぐらせると、奥の席から男性が立ち上がった。

「どうも。取材の方?」

「はい。ファクトリーチャンネルの山川と申します」

コートを抱え、明日花は名刺に書かれた偽名を告げた。歩み寄って来た男性は、面長で背が高く、歳は三十過ぎか。取材依頼をした時に交わしたメールによると、広報担当の徳安(とくやす)という社員らしい。青とグレーを組み合わせた、しゃれた作業着のジャケットにスラックス姿で、他の人たちも同じジャケットを着ている。

明日花は徳安と名刺を交換し、急な取材依頼を詫(わ)びて、「ファクトリーチャンネルは、日本の工場の技術を、若い世代に伝えるために開設した動画チャンネルです。今回は、産業用のロボットの製造現場を紹介したく、みらい電機工業さんにオファーしました」と、戸嶋に言われた通りの説明をした。すると徳安は、

「チャンネルを見ましたよ。わかりやすくて、いいですね。うちは複数のロボットメーカーさんの依頼で、主に食品工場用の協働ロボットを製造してます。若い人に興味を持ってもらえるなら、取材は大歓迎です」

と笑い、「じゃ、行きましょう」と告げてドアに向かった。いい人そうで、明日花は早くも胸が痛むのを感じたが、イヤフォンからは、「いいぞ、その調子。通話はスピーカーにして、津原さんや福本さんも聞いてるから」と戸嶋の声がした。

廊下を戻り、徳安と建物を出た。敷地内をさらに進み、奥の工場に向かう。それは二階建てで、中学か高校の体育館ぐらいの広さがありそうだ。徳安が進み入ったのは工場の一階の隅にある通路で、作業スペースとは、透明なアクリル樹脂製のパーティションで区切られている。さっき見たみらい電機工業の公式サイトには、近隣の小中学校などを対象とした見学ツアーを行っているとあったので、ここがそのコースなのだろう。

緊張を覚えつつ、明日花は肩にかけたバッグから筒状のビデオカメラを出した。脇のグリップベルトに片手を通して本体を摑み、もう片方の手で反対側の液晶モニターを開く。同時にスイッチが入り、液晶モニターに眼前の光景が映った。

「まず場内を案内していただき、そのあと社員のみなさんにお話を伺わせて下さい。撮影した動画は、アップする前にお送りします」

徳安にそう説明しながら、明日花はビデオカメラを操作し、動画の撮影モードをライブストリーミングにした。上手くできたかと心配していると、戸嶋が言った。

「よし、来た。そっちの映像と音声が、こっちのタブレット端末にライブ配信されてる」

「出だしは順調ですよ。疑われないように、取材をして下さい」と、津原も言う。小声で「はい」と返し、明日花は「では、お願いします」と徳安を促した。

徳安は通路を進み、パーティション越しに作業スペースの機械を指しつつ、ロボット製造の工程を説明した。ずらりと並んだ製造中のロボットの脇には、別の垂直多関節ロボットが置かれ、作業をしている。この工場では、アームの取り付けまでの作業を、人ではなくロボットがしているらしい。それを見守る従業員は数人で、徳安によると、この工場で働く従業員は三十人と、工場の規模にしては少ない。

緊張しながら好奇心を覚え、明日花は徳安にあれこれ質問しながら通路を進み、撮影を続けた。ここに来た目的は、ＭｅａｌＢｏｔのニューモデルを撮影し、それを福本に確認してもらい、今回の一件の裏を探ることだ。が、イヤフォン越しの戸嶋と津原、福本の会話からして、これまで撮影したロボットの中に、ニューモデルはないようだ。また、作業スペースと通路に森尾巧夢という西巻の部下の姿もなかった。

福本さんも言ってたし、あるとしたら動作試験のセクションね。明日花の頭にそうよぎった時、通路の端まで来た。前方には鉄製の階段があり、二階に上がろうとしたが、徳安に止められた。

「取材はここまでで。すみませんが、お見せできないものがあるんです」

申し訳なさそうに言われたが、明日花は手応えを覚え、胸も高鳴った。イヤフォンからは「キター！」「ニューモデルのことだな」という戸嶋と福本の声もする。が、津原に、

「江見さん、ここが正念場ですよ。どうにかして、二階に上がって下さい」

と指示され、不安が湧く。どうにかって、どうやって？　心の中で問いかけ、頭を巡らせてみたが、策は浮かばない。

「オフィスに戻って、お話ししましょう。社長もお目にかかるそうです」

そう告げて徳安が通路を戻りだし、明日花はつい「はい」と、それに続きそうになる。「はい、じゃねえだろ！」と戸嶋に突っ込まれ、立ち止まったのはいいが、どうしたらいいかわからない。ビデオカメラを構えたまま固まっている明日花を、立ち止まった徳安が怪訝そうに見る。

「どうしました？　顔色が悪いですよ」

とたんに閃くものがあり、明日花は「うっ！」と声を上げて胸に手をやり、うずくまった。「大丈夫ですか!?」と戻って来た徳安に、「すみません。持病があって」と返

し、顔を歪めて見せる。

「大変だ。救急車を呼びましょうか」

慌てた様子で言い、徳安は作業服のポケットからスマホを出した。慌てて、明日花は首を横に振った。

「薬を持っているので、飲めばよくなります。でも、水がなくて」

自分のバッグを指し、言う。

「持って来ます！」

そう応えるなり、徳安は通路を駆けだした。いい人で助かったと安堵しつつ、明日花は徳安の足音が遠ざかり、工場を出て行くのを待って顔を上げた。そのまま立ち上がり、ビデオカメラを構え直して告げる。

「前進します」

明日花の言葉に、戸嶋と福本が「よっしゃ！」「おお」と応える。津原は無言だが、こちらを見守っている気配を感じる。

階段を上がり、二階に進んだ。そこも一階と同じつくりで、隅に通路が延び、傍らに透明なパーティションが設えられている。明日花はパーティションに歩み寄り、作業スペースにビデオカメラを向けながら進んだ。作業スペースの手前では、土台に据え付けられたアームに、配線を施す作業中だ。ここからは人力らしく、各機体の前には、ヘルメットをかぶり、工具を手にした従業員がいる。そこを離れ、明日花は足早に通路を進んだ。

　と、作業スペースの様子が変わった。がらんとして、置かれているロボットも少ない。それぞれの脇には従業員が立ち、機体を弄（いじ）ったり、手にした長方形で厚みのある金属製の箱を操作したりしている。

「動作試験だ。あの箱はコントローラーで、ロボットを動かして性能をチェックする……だが、ＭｅａｌＢｏｔはねえな」

　そう福本が言った直後、

「山川さん⁉　どこですか？」

　と階段の下で徳安の声がした。もう戻って来たのかと、明日花の胸に焦りが押し寄せる。戸嶋に「トイレを探してたとか何とか言って、一旦（いったん）工場を出ろ」と言われ、明日花は階段の方を向く。が、津原に、

「いえ、計画は続行します。江見さん、諦（あきら）めないで。ニューモデルは、必ずこの工場のどこかにあります」

　と、いつも通り淡々と指示され、イラッとする。

「どこかって、どこですか？……だから、うまくいくとは思えないって言ったのに」

　そう言い返しはしたが、体が勝手に動いてパーティションに向き直り、ビデオカメラを左右に振る。

「ストップ！」

ふいに津原が声を大きくし、驚いた明日花は動きを止める。反射的に目が向いた液晶モニターには、動作試験エリアの奥の一角が映っている。一機のロボットを、四、五名の男女が囲み、みんな作業服姿だが、中に一人だけ、ダウンベストにジーンズという格好の若い男性がいる。

「森尾だ！」

戸嶋も声を上げ、明日花の頭に、さっき見たSNSの画像が浮かぶ。細い目と、高い頬骨。確かに、森尾巧夢だ。慌てて、明日花はビデオカメラのレンズをズームして、森尾たちが囲んでいるロボットに寄った。

白い樹脂製のリンクとジョイントでできた、垂直多関節ロボット。そのアームの先にあるリンクのフレームは外され、中に収められた三本のパイプと、先端のアタッチメントハンドが剝き出しになっている。

「あった！」

明日花は声を上げ、そこに戸嶋の「やった！」という声が重なる。と、津原も言った。

「でも、不審な点はないですね。アタッチメントハンドの数を除けば、現行のMea1Botと同じような」

「……いや、違う」

呟くように否定したのは、福本。「違うって、どこが？」と問うた戸嶋に、こう答える。

「パイプのバネ、圧縮スプリングだ。ありゃ、ピアノ線だぞ」

その言葉に、明日花は液晶モニターに顔を近づけた。確かに、そこに映しだされた三本のパイプの上部は、フクモト製作所で見たライトグレーではなく、黒々とした圧縮スプリングで包まれている。

「なんでだ？　考え抜いて、ステンレス製の圧縮スプリングにしたのに」

口調を呆然としたものに変え、福本が呟く。「社長、しっかりしてくれよ」と戸嶋が訴え、明日花も口を開こうとした矢先、

「何をしているんですか？」

と、声がした。はっとして振り向いた明日花の目に、いつの間にか階段を上がって来ていたらしい、徳安の姿が映る。急いでビデオカメラを下ろし、「すみません。これは」と返そうとした明日花だが、徳安は顔を険しくしてさらに問うた。

「誰と話しているんですか？　あなた、本当に記者？」

「はい」

と、ついいつものクセではっきり答えてしまってからうろたえ、明日花は「いえあ

の、事情がありまして」と続けようとした。と、津原が言った。

「江見さん、お疲れ様でした。スマホで僕に電話をかけ、徳安さんと代わって下さい。ここからは、僕の仕事です」

10

それから約二時間後の午後四時半。明日花と津原、戸嶋、福本はフクモト製作所にいた。事務所のソファに、向かい合って座っている。

「遅いじゃん。このまま会社に行った時も待たされたし、また何か企んでるんじゃねえだろうな」

顔をしかめて言い、戸嶋が立ち上がった。出入口の脇の窓に歩み寄り、外を覗く。既に暗くなっているが、工場には煌々と明かりが点り、機械の音も聞こえてくる。

「昼間のニセ取材を責めるつもりとか？　住居侵入罪とかで訴えられたら、どうしよう。再就職どころじゃないですよ」

不安が押し寄せ、明日花は隣を見た。が、そこに座る津原は、

「二人とも、落ち着いて。とにかく待ちましょう……それと江見さん。対象が住居以外の建物の場合、住居侵入罪ではなく、建造物侵入罪になります」

と呑気に返し、ガラスのローテーブルから湯飲み茶碗を取ってお茶を飲んだ。その態度に明日花と戸嶋は脱力したが、向かいの福本は、難しい顔で胸の前で腕を組んでいる。

さっき、明日花は津原に言われた通り、徳安にスマホを差し出した。それを不信感丸出しで受け取った徳安だったが、津原と少し話すとうろたえた顔になり、電話を切った。そして明日花を、「とにかく、ここを出ましょう」と促して歩きだした。

その後、最初に訪ねた建物の中にある会議室で待たされること、二十分。ドアが開き、部屋に入って来たのは津原と戸嶋、福本だった。ほっとした明日花に、隣に座った津原は「さっきの電話の後、こちらに来て事情を説明しました。もう大丈夫です」と微笑んだ。明日花が何をどう説明したのか訊ねようとした時、またドアが開き、徳安とスーツ姿の年配の男性、そして森尾が会議室に入って来た。

年配の男性はみらい電機工業の社長らしく、こちらもうろたえた様子で話しだそうとした。が、先に福本が森尾に「ＭｅａｌＢｏｔのニューモデルを見たぞ。ありゃ、どういうことだ？」と詰め寄った。「それを訊きたいのはこっちです。自分たちが何をしたか、わかってます？」と、怒りを滲ませて問い返した森尾だったが、福本に「しらばっくれるな。俺が訊いたのは、圧縮スプリングのことだ」と迫られ、津原にも「西巻さんと、お話しした方がいいんじゃないかな。『ロボット・フィットイン』

の件も含めてね」と意味深に告げられると、「社に連絡します」と返し、スマホを手に退室した。十分後。戻って来た森尾は、強ばり気味の顔で明日花たちに、「フクモト製作所でお待ち下さい。後ほど、西巻が伺うそうです」と伝えた。

　森尾とのやり取りを思い出し、明日花はまた隣に問うた。

「さっきの『ロボット・フィットイン』って、何ですか？　そのフレーズを聞いて、森尾さんの顔色が変わったような」

「すぐにわかりますよ。ところで、できればお茶のお代わりを――そうか。長坂さんには、席を外してもらったんだっけ」

　いつものように話をはぐらかし、津原は応接スペースの奥に並ぶ机を見た。その一つにはさっきまで、三日前と同じように事務担当の女性が着いていた。

「私が淹れますよ」

　呆れながらもそう返し、明日花は福本の許可を得ようと向かいを見た。するとその時、事務所のドアが開いた。入って来たのは、濃紺のキルティングジャケットにチノパン姿の西巻理人。こちらに、「遅くなりました」と一礼する。

「お待ちしていました。どうぞ」

　にこやかに応え、津原は立ち上がって手招きした。はっとして、福本も立ち上がる。森尾か弁護士が一緒かと思いきや、西巻は一人のようだ。

福本が明日花たちのソファに移り、西巻はその向かいに座った。福本の両隣は津原と戸嶋が固め、明日花は空いた椅子を持って来てソファの脇に腰かけた。キルティングジャケットを脱いだ西巻が前に向き直るのを待ち、津原は話しだした。

「昼間の取材の件は、後ほどお詫びさせていただくとして、まずはＭｅａｌＢｏｔのニューモデルについてお話しさせて下さい」

拒否するのではと、明日花は西巻を窺った。が、無言で表情も動かさず、じっと津原を見ている。そういえば、五日前にドリームロボティクスの就職試験の面接を受けた時も、この人はこんな風だったなと明日花が思い出していると、津原はこう切り出した。

「先ほど、ビデオカメラの映像でニューモデルを確認しました。先日伺ったアタッチメントハンドの数の他にも、現行モデルからの変更点がありますね。アタッチメントハンドの軸であるパイプを包む、圧縮スプリングの材質です」

「ええ。その通りです」

平然と、西巻が答える。それを受け、福本は堰を切ったように喋りだした。

「やっぱりか。なんでだ？　塩分濃度の高い製品を扱う食品工場で鋼鉄製の圧縮スプリングを使えば、すぐにサビる。その破片が惣菜に混入したら大ごとだからと、二人で話し合って、塩分に強く、簡単な手入れでサビを防げる、フェライト系のステンレスを選んだんだろ。忘れちまったのか？」

「圧縮スプリングの変更は、諸事情からです。無論、サビ対策の加工を施しています」

「加工ってのはメッキ、あるいは塗装か？　どっちにしろ、コストがかかるだろ。まさか、ＭｅａｌＢｏｔの定価を上げるのか？　『町の小さな工場でも、当たり前のようにロボットが働いている時代にしたいんです。そのためには、操作性の高さと手頃な価格を両立させないと』と、繰り返し話してたじゃねえか」

身を乗り出して訴える福本を見返しつつ、西巻は口をつぐんだ。それは拒絶しているようにも、言い訳を考えているようにも見え、明日花はどっちみち何かあるなと確信する。

「てかさ、そこまでして、ＭｅａｌＢｏｔをリニューアルしたい理由ってなに？　俺的には、そこにこのトラブルの裏があると思うんだけど」

西巻を挑むように見て、戸嶋も会話に加わる。「鋭い」と心の中で褒め、明日花も向かいに注目した。西巻は「裏なんて、ありませんよ」と苦笑し、それを待っていたように津原は問うた。

「不具合があったんじゃないですか？　現行のＭｅａｌＢｏｔに、問題が発生したということです」

西巻は「違います」と即答し、先を続けようとしたが、福本が遮る。

「不具合!?　そうなのか？　俺のMealBotに、何か――」

「違いますって。言いがかりはやめて下さい。全部、憶測でしょう？」

「おっしゃる通り」と頷いた津原だが、「そうそう」と続け、後ろを指した。

「ここの工場に、現行モデルが一機あるんですよ。今から調べましょうか？　そうしたら、僕の憶測が言いがかりかどうか、わかりますよね？」

前に向き直り、問いかける。笑みをたたえ口調も穏やかだが、「憶測」と「言いがかり」を微妙に強調している。明らかに動揺した様子で、また西巻が口をつぐんだ。

「そうだな」と、福本が頷く。

「分解して、ネジ一本、歯車一つから調べてもいい……だが、俺はあんたの口から聞きたい。あんたは、俺なしにはMealBotは完成しなかったと言ってくれたんだろ？　それは、こっちも同じだ。最初にここに来た時、あんたは『一緒に働くのが楽しくなるような、ロボットをつくりたい。ロボットの力で、ものづくりの現場でがんばってる人の体と心を支えたいんです』と言った。アタッチメントハンドの発明に辿り着くまで、俺は西巻さんのあの言葉を何十回と繰り返したよ。電話やメールを何度もしたのだって――」

と、西巻はその言葉と眼差しから逃れるように顔をそむけ、こう返した。

「圧縮スプリングですよ！」

とっさに意味がわからず、明日花と戸嶋、福本が固まる。ひとり落ち着いた津原が、「どういうことでしょう？」と促すと、西巻は顔をそむけたまま語りだした。

「去年の夏、現行のＭｅａｌＢｏｔを納めた食品工場の一つから、『アタッチメントハンドの動きが悪い』と連絡があったんです。うちのスタッフが出向くと、アタッチメントハンドのパイプの圧縮スプリングにへたり、つまり、スプリングの弾性が落ち、寸法が変わる現象が起きていました。その工場ではかなりハードな使い方をしていたので、それが原因だろうと修理し、念のために社内でテストを行ったんです。すると、現行モデルのステンレス製の圧縮スプリングは、サビに強い反面、耐久性に問題があるとわかりました」

「バカ言うな！　ちゃんとテストしたのか？」

嚙み付くように、福本が問う。顔を前に戻し、西巻は「はい」と頷いた。

「荷重試験機を使い、圧縮スプリングの引張強度、降伏点、伸び、絞りまで調べました。恐らく、スプリングの巻き数、またはピッチの調整に問題があったんだと思います」

「そんなはず、あるもんか。あれは、成形から表面処理まで俺がやったんだ。もちろん、試験もやった。惣菜づくりの現場でのＭｅａｌＢｏｔの稼働率を試算して、繰り返し」

立ち上がって捲し立てる福本を見返し、西巻はきっぱりと返した。

「わかっています。試算と試験は、僕も一緒にやりましたから。僕らの見込みが甘かった、ということです」

「そんな」と福本は絶句し、明日花も状況を上手く呑み込めない。はっとした様子で、福本がまた喋りだす。

「そうならそうと、なんで報せてくれなかったんだ。へたった状態で使い続けりゃ、圧縮スプリングは折損し、破片が惣菜に混入するかもしれねえ。気づかずに出荷して、誰かの口に入ったらどうする？　大ごとだぞ」

確かにその通りだと、明日花は西巻の答えを待った。が、口を開いたのは津原だった。

「報せられない理由が、あったからでしょう。『ロボット・フィットイン』ですね？」

さっき自分が疑問を呈した単語が出てきて、明日花は驚く。西巻はぎょっとした顔になり、それを見て津原は続けた。

「このところ、経済産業省が中心となって、ものづくりの現場にロボットを普及させようという動きがあります。その一環として、この春、経産省の外郭団体である『ロボット事業推進機構』がスポンサーとなって、全国約十カ所の食品工場に協働ロボットを導入するプロジェクトが行われることになりました。それが『ロボット・フィットイン』で、導入される協働ロボットの一つとして、ドリームロボティクスのＭｅａｌＢｏｔが選ばれたんです……でしょ？」

「どうして、それを」

さらにぎょっとした西巻に、津原はあっさりと応えた。

「福本さんから、あなたが『役人みてぇな連中』と会食しているのを見たと聞いたので、ちょっとしたコネを使って調べました。当初、プロジェクトには、他社のロボットが選ばれる予定だったそうですね。それをあなたが、熱心な売り込みと接待で変更させた」

そういうことかと明日花は合点がいき、同時に津原の「ちょっとしたコネ」が気になりだす。「読めたぜ」と呟き、戸嶋も会話に加わった。

「その『ロボット・フィットイン』とかいうプロジェクトにＭｅａｌＢｏｔが採用されりゃ、箔が付いてドリームロボティクスの名も上がる。現行モデルの不具合があったのはその矢先で、福本社長に報せりゃ、『公表して、現行機を回収しよう』と言うに決まってる。それを危惧したあんたは、社長の工場との製造請負契約を終了し、特許権を侵害しねぇようにＭｅａｌＢｏｔをリニューアルした。現行機についても、定期メンテナンスとか言って回収し、こっそり問題のスプリングを交換するつもりだった……だろ？　調べりゃ、全部わかることだ」

「だろ」を巻き舌で言い、戸嶋は迫った。西巻は苛立ちの滲む顔でこちらに視線を巡らせ、低い声で返した。

「……現行モデルに不具合さえなければ、全部上手くいくはずだったんだ。あの圧縮スプリングのせいで、何もかも」

「ふざけんな！」

声を荒らげ、戸嶋は立ち上がった。明日花はぎょっとし、福本も啞然とする。

「確かに、圧縮スプリングの不具合は福本社長の責任だ。でも、試算や試験には、あんたも立ち会ったんだろ？　なら、二人でどうするか考えるのが筋ってもんじゃねえのか？」

西巻の顔を覗き、問い詰めた。発明のスペシャリストの言葉だけに、説得力がある。

「それに、発明に失敗は付きものなんだよ。ペニシリンやプラスチック、コーンフレークも、失敗から生まれたんだ。かの発明王、トーマス・エジソンだって、白熱灯を発明した時には一万回失敗したと言われてて、でも本人は『私は一度も失敗していない。一万通りの上手くいかない方法がわかっただけだ』と言ってるんだ」

興奮のせいか、話がズレる。それを指摘するかどうか明日花が迷っていると、福本が口を開いた。

「戸嶋さん、ありがとう。だが、西巻さんの言う通りだ。あのアタッチメントハンドを発明し、ステンレス製の圧縮スプリングを選んだのは俺だ……申し訳ない。俺にできることがあれば、何でもやらせてくれ」

厳しく思い詰めた表情で告げ、深々と頭を下げた。明日花と戸嶋、西巻がその姿に見入った直後、津原が「あれ？」と言い、こう続けた。

「福本さん。みなさんが、ご用があるみたいですよ」

その声に福本は顔を上げ、津原が見ているドアの横にある窓の方に視線を向ける。明日花と戸嶋、西巻も倣うと、そこには大勢の男女がいた。全員作業服を着たフクモト製作所の従業員で、三十人はいるだろうか。福本は慌てて立ち上がり、出入口に歩み寄ってドアを開けた。明日花たちも立ち上がり、ドアの前に行く。

「どうした？　何ごとだ？」

ドアから外に出て問いかけた福本に、前列に立つ男性が答える。

「すみません。みんな、ＭｅａｌＢｏｔの件で揉めてるのは知ってたし、ドリームロボティクスの社長が来たとわかって、仕事どころではなくなってしまって」

明日花はそれが、四日前にここに来た時、福本と話していた恰幅のいい中年男性だと気づく。隣には、あのとき中年男性に叱られていた、稲富というメガネの若い男性の姿もある。と、後ろから、パーマヘアの中年女性が進み出て来た。事務担当の長坂だ。

「この前、私は社長と津原さんたちの話を、途中まで聞いちゃったでしょう？　みんなに伝えて、自分たちにできることはないかって、話してたんです」

不安げに説明する長坂に、明日花はそういうことかと合点がいき、福本は「みんな、すまない」と向かいに頭を下げた。

「ＭｅａｌＢｏｔに、不具合があるとわかった。全部俺のミスで、責任は取る。俺はどうなっても構わねえが、みんなは――」

「ダメです！」

そう声を上げたのは、稲富だ。反射的に顔を上げた福本をまっすぐに見て、言う。

「どうなっても構わねえなんて、言っちゃダメです。この前、俺に『すまねえと思うなら、仕事で取り戻せ。それが職人ってもんだ』って言ったじゃないですか。だったら、社長もミスを仕事で取り戻して下さい」

メガネの奥の目に涙を溜め、上ずり気味の声で訴える。みんなも、一緒にやりますから」

らも「そうだ！」「社長、やりましょう！」と声が上がった。「いや、しかし」と躊躇する福本に、恰幅のいい中年男性が語りかけた。

「ここには、この工場だから、福本社長のもとだからやっていけてる、やっと見つけた居場所だと思ってる人間が、大勢いるんです。この稲富も……私だってそうです」

福本は、無言。しかしその肩は、感極まったように震えている。それを見て明日花の胸も熱くなり、隣からは、戸嶋が洟をすする音が聞こえた。「ちょっと、すみません」と明日花たちの脇を抜け、津原がドアから外に出る。そして福本の隣に行き、顔を覗いた。

「こうなったら、やるしかないでしょう。この前、福本さんは稲富さんに、『後で帳尻が合えば、それでいい』とも言いましたよね？　今回の件も、それでいきましょうよ。帳尻は、僕が合わせます。それが仕事ですから」

後半は眼差しを強めて告げ、薄く微笑む。そこからは自信とプライド、わずかな不気味さも漂い、明日花は津原の横顔に見入った。福本も津原を見返し、一瞬の間の後、

「わかった」

と頷く。それを受け、戸嶋が「よし！　それでこそ、社長だ。後は、俺らに任せてくれ」と声を上げ、向かいの従業員たちからも、歓声と拍手が上がった。明日花も胸が熱くなるのを感じたが、同時に、この後どうなるんだろうと不安が湧く。と、気配を感じて振り向くと、西巻がいた。ソファに座ったまま、呆然とこちらを見ている。

気づくと、明日花は歩きだしていた。西巻の前で立ち止まり、言う。

「和解センターノーサイドのスタッフの、江見明日花といいます。西巻さんの、小さな工場でも、当たり前みたいにロボットが働いてる時代にしたいとか、一緒に働くの

が楽しくなるようなロボットをつくりたいって気持ちは、素晴らしいです。MealBotはカッコいいし、ロボットに興味が湧いてきました。社員が寝てる社長室も、いいと思います」

気持ちに余裕がないせいもあり、つい率直に告げてしまう。西巻は、「どうも」と返し、初めて存在に気づいたようにこちらを眺めた。明日花はさらに言った。

「でも当たり前だけど、西巻さんはロボットじゃない。自分のカッコ悪かったり、ダメだったりするところを、ドリームロボティクスの社員に見せてますか？　そういう姿からだって、社長も失敗するんだなとか、ああやって巻き返すんだなとか、社員のみんな、とくに若い子は、学ぶことはたくさんあると思います」

西巻は無言。しかし、その目はまっすぐに明日花を見ている。

「だから、失敗しても隠さなくていいし、必要な時は素直に助けを求めてもいいんじゃないでしょうか。もっと、みんなを信じてみませんか？　人と人の絆（きずな）って、そうやって築いていくものなのかなと、福本さんと、フクモト製作所のみなさんを見て思いました」

西巻を見返し、頭には今の福本と従業員たちのやり取りと、四日前の、恰幅のいい男性と過去の失敗を笑い合う福本の姿を思い浮かべながら、明日花は訴えた。そして最後に、「生意気言って申し訳ありません」と頭を下げ、話を締めくくった。とんでもないことをしたのかもと不安が湧く一方で、福本と出会ってからの六日間で思ったことは、全部言葉にできたと充実感も覚える。しばらくの沈黙の後、西巻が言った。

「……あなた、前にどこかで会った？」

就職試験の面接のことは、覚えていないのね。安堵とショックを同時に感じながら、明日花が返事に迷っていると、

「では、再開といきましょうか」

と声がした。振り向くと津原がいて、その後ろには、戸嶋と福本もいた。稲富たちは、工場に引き上げたようだ。陽は暮れ、事務所の壁の時計を見ると午後五時半を回っている。

さっきと同じようにソファと椅子に分かれて座ると、津原は告げた。

「突然ですが、私からお二人に、今回の紛争の和解案を提案させて下さい」

「それは、来週の審理で」と西巻は拒否し、福本も「そんなに急がなくても……」と躊躇する。「まあまあ」と笑い、津原は話を始めた。

「ドリームロボティクスと、フクモト製作所。双方の名前で、なるべく早く現行モデルのＭｅａｌＢｏｔの不具合を公表しましょう。また、二社の他のものも含めたすべての製品を検査し、問題のあるものは無償で修理・交換すると発表するんです。さらに、取引先を全部廻って、経緯の説明と謝罪をします」

「すべてに全部⁉　そんな無茶な」

「その通りだ。過去の取引先も含めりゃ、百社以上あるぞ」

西巻たちは騒ぎ、津原はそれを待っていたように「その通り」と頷いた。

「だから、やるんですよ。『そこまでするか？』は、ピンチをチャンスに変える秘策です。そこまでする会社なら、社長なら、『もう一度、信じてみようか』となりますと、西巻たちは鎮まり、呆気に取られたように津原を見返す。想像もできないことで、明日花も黙るしかないが、いつも煮え切らない返事ばかりの津原が珍しく「やるんですよ」「となります」と断定し、しかもその口元にはいつもの薄い笑みが浮かんでいるのに気づいた。

「いや、しかし」と言いかけた西巻を遮り、今度は戸嶋が言った。

「俺は前にいた弁理士事務所で、山ほどの発明品を扱ってきたし、今回みてぇなトラブルも知ってる。確かに、津原さんが言った対応策で、受けるダメージを最小限に抑えた企業はたくさんあるぜ」

「ほら。専門委員の戸嶋先生も、そう言ってるでしょ？　僕らが全力でバックアップしますから、やってみましょう」

明るく津原に促され、西巻は向かいを見て、そこに座る福本も西巻を見た。一瞬、ローテーブルの上に火花が散った気がしたが、お互いを見たまま、福本、西巻の順に

頷き、

「やるよ」

「やります」

と答えた。

11

明日花がタブレット端末で受付を済ませて間もなく、傍らのドアが開いた。出て来たのは、ニットのワンピースにロングブーツを合わせた、若い女性。明日花に「江見様ですね。どうぞ」と微笑みかけ、社内に案内してくれた。ここは豊洲にあるドリームロボティクスの本社で、時刻は午後三時。明日花がここに来るのは二度目だが、前回とは違う緊張を覚える。

若い女性は廊下を進み、明日花を中央のオフィスに案内した。広い部屋に大小のテーブルやソファが置かれ、そこで社員たちがノートパソコンに向かったり、話をしたりしている。自分の机を持たず、好きな席で仕事をする、フリーアドレスというスタイルだ。若い女性はその中央奥の、透明なパーティションで囲まれた部屋に歩み寄り、開けっぱなしのドアから中を覗(のぞ)いた。

「江見様がお見えです」

「はい」と聞き覚えのある声がして、若い女性は明日花に会釈してその場を離れる。本当にオフィスの真ん中にあって、ドアが開けっぱなしなんだな。そう思いながら、明日花はドアに書かれた「PRESIDENT,S OFFICE」という文字を横目に見て、部屋に入った。脱いだコートとバッグを抱え、「失礼します」と声をかけると、手前のソファの向こうに立っていた西巻が振り返った。

「こんにちは。いま、ソファを片付けていました。社員だけじゃなく、僕もここで寝泊まりするようになったので」

クッション片手にそう説明し、「どうぞ。向こうでは寝てないので、きれいです」と、ローテーブルの向こう側のソファを指した。「はい」と返し、明日花はそのソファに歩み寄った。広い部屋にはしゃれた机や棚などが置かれ、そのあちこちにドリームロボティクスが発売したロボットのポスターや模型、ロボットが出て来る映画やアニメのグッズと思しきものが飾られていた。

フクモト製作所での出来事から、約十日。あの後、福本と西巻は津原の和解案を承諾し、具体的な話し合いに移った。そして間もなく、フクモト製作所とドリームロボティクスの紛争は、和解に至った。

ソファに向かい合って座ると、明日花はバッグから書類を出して西巻に渡した。

「和解書です。ご確認いただいて、署名をお願いします……すみません。本来は津原が伺うべきだったんですが、私に行くようにと」

恐縮してそう説明すると、西巻は「ああ」と言ってこう続けた。

「僕が頼んだからですよ。江見さんと二人で、話がしたくなりました」

「えっ」

明日花は驚き、西巻は和解書に目を通し始めた。

明日花もさっき目を通したが、そこに記された今回の紛争に対する和解条件に、フクモト製作所へのＭｅａｌＢｏｔの製造発注再開は含まれていなかった。しかしその代わり、ドリームロボティクスはＭｅａｌＢｏｔのニューモデルの発売を見送り、不具合の件をフクモト製作所とともに公表し、謝罪すること、二社は協力して現行モデルをすべて回収して検査し、不具合を無償で修理・交換することという取り決めが記されていた。一方、損害賠償金の五百万円については、福本曰く、「受け取れる訳ねえだろうと言ったんだが、西巻さんに『従業員のみなさんのために使って下さい。そちらの工場も、これから大変なはずですから』と説得された」そうで、条件として残されることになった。

明日花が返事に迷っていると、西巻は和解書に目を落としたまま言った。

「このまま江見さんに言われたことを、よく考えてみました。確かに僕は、社員に限らず、周りの人を信じていなかったかもしれない。ロボットへの知識と思い入れは、誰にも負けない自信があったんだけど、人についてはまだまだってことですね」

「いえ、そんな。先日は、申し訳ありませんでした」

やっぱり西巻さんは、気を悪くしてたのか。焦りと気恥ずかしさが押し寄せ、明日花は身を縮めて頭を下げた。表情を動かさずに、西巻が返す。

「いえいえ。確かに、あの日の福本さんとフクモト製作所の方たちのやり取りは、信頼と絆（きずな）があってこそです。反省して、一部の部下にしか伝えていなかったＭｅａｌＢｏｔの不具合の件を、全社員に打ち明けました。福本さんのところと違って、そのあと何人か退社しましたが、自業自得です。残ってくれた社員と、がんばります」

話の途中で顔を上げ、西巻は語った。あのあと津原に聞いた話では、西巻とロボット事業推進機構と「ロボット・フィットイン」の関係と流れは戸嶋の読み通り。西巻は不具合の件を隠し、アタッチメントハンドの数が減り、定価が上がったＭｅａｌＢｏｔのニューモデルを、「そのぶん、操作性も上がっています」と押し切り、プロジェクトに参加しようとしていたそうだ。が、それも思い改め、すべてをロボット事業推進機構の担当者に打ち明け、謝罪したという。そして間もなく、西巻と福本は、不具合の件と、全製品を無償で点検・修理・交換するという対応を公表するはずだ。

製品のユーザーからは、一斉に問い合わせやクレームが来るだろう。大変だけど、西巻さんも福本さんも一人じゃないし。そう感じ、明日花は返した。

「負けないで下さい。きっと、ピンチをチャンスに変えられますよ。で、いつかまた福本さんと、新しいＭｅａｌＢｏｔをつくって下さい。楽しみにしてます」

「そのつもりです。ありがとう」

と、西巻は白い歯を見せ、「確認しました。これで構いません」と続け、ジャケットのポケットからペンを出して和解書にサインした。そしてそれを明日花に差し出し、話を変えた。

「ところで、江見さん。うちの就職試験を受けていたんですね。じきに結果を通知して、合格者には今回の件を説明するつもりなんですが、資料を確認していて驚きました。それで、社長室で社員が寝てると知ってたのかと合点はいきましたが、あなたのことは忘れていました。すみません」

丁寧に頭を下げる西巻に、明日花は「とんでもない」と首を横に振り、和解書を受け取った。

「あの面接では、大失敗をしちゃいましたし……あの、ちなみに試験の結果なんですけど……不採用ですよね？」

恐る恐る訊ねると、西巻は「はい」と即答した。わかってはいたけど、やっぱりショック。そう浮かび、明日花はうなだれる。すると西巻は、「それで、本題なんですが」とまた話を変えた。

「先日の試験とは別に、お願いします。江見さん、ドリームロボティクスで働いてもらえませんか？」

「はい⁉」

驚きのあまり、素っ頓狂な声が出てしまった。顔を上げた明日花を見て、西巻は続けた。

「もちろん、あんなことをしておいて無茶なお願いだとわかっています。でも、今のドリームロボティクスに必要なのは、あなたのような人なんです。相手が誰で、どんな状況でも、まっすぐに目を見て自分の考えを伝えられる。リスクを恐れ、何でも曖昧に済ませがちな世の中では希有な存在だし、逃したくないと思いました。もちろん、給与ほかの待遇は、できる限り希望に添います」

すごい。いつもは呆れられたり、イヤがられたりする私の性格を褒めて、受け入れて、必要とまで言ってくれた。そう頭に浮かび、明日花は嬉しく、光栄にも感じた。テンションが上がって腕が動き、手にした和解書が目に入る。

「いかがですか？　津原さんには、江見さんの和解センターノーサイドでの仕事はアルバイトで、求職中だと聞いたんですが」

少し不安そうに、西巻が訊ねた。「ええ、もちろんそうです」と勢いよく答え、明日花は返事をするために顔を上げた。

12

「甲は、路上で乙とけんかになり、乙の胸をナイフで刺して殺害したが、そのすぐ後、乙が身に付けていた腕時計に気付き、自分のものにしようと考え、これを持ち去った。甲には強盗殺人既遂罪が成立する」

バーカウンターに広げた問題集の設問には、そうあった。すぐに答えがわかった清宮隆一郎だが、同時に違和感も覚えた。迷った末、清宮は後ろを振り返った。ここはニュー東京ビルヂング一階のラウンジで、壁際に並んだ机には、ビルのテナントである臨床心理士の紅林千草と、弁理士の戸嶋光聖、一級建築士の諏訪部英心が着いている。が、さっきまで部屋の奥の楕円形のテーブルに着いていた、弁護士の津原元基の姿がない。

どうしたのかと視線を巡らせると、通りに面した窓の前に、淡いグリーンのカーディガンに包まれた津原の背中を見つけた。問題集を手にスツールを下り、窓に向かった清宮だが、津原の横顔を見て立ち止まった。なにか思案している様子なのは珍しくないが、窓越しに外を眺める切れ長の目は、これまでにない色をたたえている。時刻は間もなく午後四時で、街灯の明かりが点り始めた外の通りを、大勢の人が行き来していた。清宮が躊躇していると、それに気づいたのか、津原が振り返った。

「質問ですか？」

笑みを浮かべて問いかけ、清宮が持った問題集を指す。「はい。お願いします」と清宮も微笑み、津原の隣に行って開いたページを見せた。

「これは十年ぐらい前の刑法の試験問題で、設問の記述が正しいかどうかを問うています……甲さんは、乙さんを殺して腕時計を奪った訳ですから、強盗殺人既遂罪は成立すると思うんですが、何か違う気もして」

老眼鏡越しに設問を眺めながら問うと、「どれどれ」と津原も目を通した。そして「ああ、なるほど」と笑い、答えた。

「確かに殺して奪っていますが、強盗殺人罪は強盗を主体とする罪で、強盗罪は暴行が財物の強取に向けられていないと成立しません。甲は乙の殺害後に腕時計に気づいているので、殺害は財物の強取に向けられたものとは言えないですよね？　なので、甲には強盗罪は成立せず、したがって強盗殺人罪も成立しない、問題の記述は間違いということになります」

たちまち腑に落ち、清宮は頷いた。

「確かに、その通りです。いや、お恥ずかしい。この程度の問題も読み解けなくて。

歳は取りたくないものですね」

「そんなことないですよ。公開模試の点数も着実に上がってるし、今年こそ、合格して下さい」

津原に朗らかかつ力強く励まされ、清宮の気持ちが明るくなった時、席を立った戸嶋が近づいて来た。

「殺すだの奪うだの、物騒だねえ……てか、明日花ちゃんは、まだ戻って来ないの？　ひょっとして、このままドリームロボティクスに就職しちまうんじゃねえか」

不安げに問いかけ、白いジャージの胸の前で腕を組む。後ろで「えっ」と声が上がり、紅林も席を立つ。

「何それ。明日花ちゃんはドリームロボティクスの就職試験を受けたけど、また面接でやらかしたんでしょ？　違うの？」

「違わねえけど、いろいろあってさ……フクモト製作所は、ＭｅａｌＢｏｔ以外にも製品の特許を持ってるんだけど、これから大変そうじゃん？　だから、俺が社長の相談に乗ってるんだ。で、社長はあの騒動のあと、西巻さんとまた連絡を取り合うようになったらしくて、『江見さんをスカウトしたいんですけど、津原さんとの雇用関係はどうなっているんでしょうか？』って訊かれたんだと。で、俺んとこに問い合わせが来たから、『津原さんに訊きなよ』って言ったんだけど、あれからどうなった？

西巻さんから連絡があってスカウトの件を聞いたから、彼女を一人で向こうの会社に行かせたんだろ？」

こちらの耳が遠くなっていると誤解しているのか、戸嶋は少しトーンを落としただけの声で津原に語りかけた。それを聞き、清宮はさっき窓の外を眺めていた津原の表情に合点がいき、「はいはい」と呟く。津原は「ええ」とだけ返し、それが不満だったのか、戸嶋が騒ぎだす。

「なに、その薄いリアクション。明日花ちゃんが、本当にドリームロボティクスに入っちゃったら、どうするんだよ」

「どうもこうも、彼女は一時的なアルバイトですから。それに、職業選択の自由は憲法22条に定められた権利で――」

「答えになってません」

津原の言葉を遮ってそう言ったのは、紅林だ。ヒールの音を響かせ、こちらに加わる。自分を見返す津原に、いたずらっぽく笑い、さらに言った。

「いまの津原さんの答え。明日花ちゃんなら、そう突っ込みそうよね……あ～あ。残念だなあ。せっかく、かわいい妹分ができたと思ったのに。諏訪部さんも、そう思うでしょ？」

紅林が息をつき、その後ろから、いつの間に来ていたのか、大きな体を黒い服に包んだ諏訪部が、にゅっと顔を出した。

「ちょっと前、俺はあのバイトに『お前。粘着カーペットクリーナーで部屋を掃除した時、シートが汚れてれば汚れてるほど、テンションが上がるタイプだろ？』と訊いたんだ……返事は、まだだけどな」

無表情にぼそぼそと、しかし意味深な目で津原を見て答える。紅林と戸嶋にも視線を向けられ、津原は「だから」と返した。浮かべた笑みはそのままだが、眼差しと口調には苛立ちが滲んでいる。それもこれまでにないことで、清宮が「おっ」と呟いた直後、ぎい、と音がしてラウンジのドアが開いた。

入って来たのは、白いコートを着た明日花。窓の前に集まり、一斉に自分を見た一同にきょとんとして足を止める。

「みなさん。どうしたんですか？」

「どうもこうも。明日花ちゃんを待ってたんだよ。西巻さんに、スカウトされたんだろ？　なんて答えた？」

ドアの方に向き直り、戸嶋が問う。「えっ、なんでそれを」と目を見張った明日花に、今度は紅林が問う。

「それはいいから、教えてよ。ドリームロボティクスに入るの？　入らないの？」

「そりゃもちろん、入りますって答えましたよ」

コートを脱ぎながら明日花は答え、戸嶋は「え〜っ！」と声を上げる。「うるさい」と、その頭を紅林が叩いたその時、明日花はこう続けた。

「心の中では」

「えっ⁉」

と今度は紅林も声を上げ、明日花は喋りだした。

「口でもそう答えようとしたんですけど、偶然、和解書が目に入っちゃって。そうしたら、去年の十月にここに来てから、今日までのことが蘇ったんです。私には納得いかないことばっかりでしたけど、どの中立人も相手方も、和解してほっとした顔をしてたんですよ。だから、ＡＤＲとか和解あっせん手続も意味はあるのかな、必要としてる人もいるのかなと思って」

照れ臭いのか、語りながら落ち着きなく体を動かし、最後に「それに、津原さんとの話し合いも済んでませんから」と口調を強め、前を見る。その様が初々しく、また微笑ましくも思え、清宮はうんうんと頷く。

「それって、和解センターノーサイドでのバイトを続けるってこと？」

戸嶋が問い、明日花は「ええ。続けたいです。いいですか？」と返す。とたんに戸嶋は歓声を上げ、紅林は津原に「ですって。よかったわね」と振る。が、その津原は急にうろたえだし、

「いやでも、せっかくのチャンスだし。ドリームロボティクスは必ず立ち直る、というか、その前に、和解センターノーサイドが潰れる恐れが」

と言い、その場を離れた。定位置である楕円形のテーブルに歩み寄り、席に着いて作業を再開する。それを見た紅林は、「ほらまた、ごまかす」と顔をしかめたが、明日花はその脇を抜け、楕円形のテーブルに歩み寄った。

「質問には、二択で答えて下さい。イエスですか？　それともノー？」

顔を覗き込んで問われ、津原は「だから、江見さんのそういうところが」と呟いたが、観念したように、息をついた。そしてノートパソコンの液晶ディスプレイに目を戻し、片手を伸ばして隣の、空いている椅子を引いた。清宮は以前にも、津原が明日花に同じようにして「座って」と促すのを見ているが、これは「イエス」の返事だろう。

それが伝わったらしく、明日花は「答えは二択って言ったのに」と口を尖らせつつ、いそいそと荷物を別の空いた椅子に載せ、津原の隣に座った。そして、間を空けずに話しだす。

「さっき、西巻さんに就職の件をお断りしてお詫びもしたんですけど、その時に、このまえ津原さんが提示した、和解案の話になったんです。西巻さんは、『あそこで腹を決めなかったら、いずれ取り返しの付かないことになってた。かなり無茶な方法だけど、津原さんの言葉にはリアリティーがあった。たぶん弁護士として、相当な場数を踏んで、修羅場も経験してるはずですよ』って、言ってました。そうなんですか？あと、ドリームロボティクスと、ロボット事業なんとか機構の関係を突き止めた件。『ちょっとしたコネを使って』と言ってましたけど、具体的には？　まさか、また違法すれすれなことをしてませんよね？」

「それは、いいじゃないですか。このまえ、『勝算なしにリスクは冒さない』と言った通り、今回も無事に和解したんだし」

余裕といつもの笑みを取り戻し、津原はノートパソコンのキーボードを叩きながら返す。しかし明日花は「それはそうですけど、でも」と話を続けようとした。その時、

「てな訳で、明日花ちゃん。今夜、今回の案件の打ち上げと、明日花ちゃん歓迎会をやろうぜ。ここの屋上でいい？　また清宮さんにパラソルヒーターを出してもらって、他のテナントの人も呼んで、紹介するよ」

と戸嶋が言い、スマホを持って手招きをした。たちまち、「他のテナントの人？　嬉しい。会いたいと思ってたんです」と返して席を立ち、窓際の戸嶋たちに駆け寄った。その移り気も若さゆえと、清宮は羨望を覚える。

その直後、「やれやれ」と息をつく気配があり、動かした目に津原が映った。歩み寄った清宮に彼は、「今回は、無茶をお願いして申し訳ありませんでした」と眉根を

寄せて囁いてきた。いま明日花が言った、「ちょっとしたコネ」を指しているに違いなく、清宮は「いえいえ」と笑う。

「むかし取った杵柄ですよ。ただし、それがいつまで通用するか」

「そんなこと、ありませんよ。清宮さんには、これからも」と続けようとした津原に、「いいから」の意味で手を振り、清宮はテーブルを離れた。バーカウンターの脇を抜け、さっきドアの近くに置いておいた、ほうきとちり取りを取って、外に出る。

通りは暗くなり、冷え込みも厳しかったが、清宮は作業服の上に着たベンチコートの襟を合わせ、歩道の掃き掃除を始めた。

津原さんが、やる気を取り戻してよかった。あんなことがあったから心配していたが、彼には今のスタイルが合っているのかもしれない。あとは、江見明日花さん。あの若さと頑なさが、津原さんにどう影響するか。

「いずれにしろ、楽しみです」

そう呟き、清宮は顔がほころぶのを感じながら、ほうきでゴミや落ち葉を掃いて歩道を進んだ。すると、

「……ここにいたか」

と押し殺したような声が耳に入り、顔を上げた。ブロックレンガ敷きの歩道の車道側の端に、男性が立っていた。暗くて顔は見えないが、すらりと背が高く、シルエッ

トで仕立てのいいスーツを着ているとわかる。

とっさに、清宮は男性の顔が向いている方を見た。そこにはニュー東京ビルヂングがあり、窓越しに明かりの点ったラウンジが見える。戸嶋と明日花、紅林、諏訪部に加え、そこには津原の姿もあった。戸嶋が手にしたスマホの画面を他の三人と覗き、笑っている。

ふと胸がざわめき、清宮は男性に声をかけようと、視線を歩道の端に戻した。が、既にそこには誰もおらず、清宮の前を通行人たちが歩いていく。

はて？　今の男性、どこかで見たような。そんな思いがよぎりはしたが、昨今、歳のせいで記憶力の低下が著しい。考えすぎかと気を取り直し、清宮はリズミカルにほうきを動かし、鼻歌も交えて歩道を掃いた。

参考文献

『分野別　ＡＤＲ活用の実務』栃木県弁護士会／編　ぎょうせい　２０１８年
『木材利用の化学』今村博之・岡本一・後藤輝男・安江保民・横田徳郎・善本知孝／編　共立出版　１９８３年

本書は書き下ろしです。

作中の個人、団体、事件などはすべて架空のものです。

リーガル・ピース！

その和解(わかい)、請(う)け負(お)います

加藤実秋(かとうみあき)

令和７年　３月25日　初版発行

発行者●山下直久

発行●株式会社KADOKAWA
〒102-8177　東京都千代田区富士見2-13-3
電話　0570-002-301（ナビダイヤル）

角川文庫 24575

印刷所●株式会社暁印刷
製本所●本間製本株式会社

表紙画●和田三造

●お問い合わせ
https://www.kadokawa.co.jp/（「お問い合わせ」へお進みください）
※内容によっては、お答えできない場合があります。
※サポートは日本国内のみとさせていただきます。
※Japanese text only

ISBN 978-4-04-115767-1　C0193

◇◇◇

角川文庫発刊に際して

角川源義

第二次世界大戦の敗北は、軍事力の敗北であった以上に、私たちの若い文化力の敗退であった。私たちの文化が戦争に対して如何に無力であり、単なるあだ花に過ぎなかったかを、私たちは身を以て体験し痛感した。西洋近代文化の摂取にとって、明治以後八十年の歳月は決して短かすぎたとは言えない。にもかかわらず、近代文化の伝統を確立し、自由な批判と柔軟な良識に富む文化層として自らを形成することに私たちは失敗して来た。そしてこれは、各層への文化の普及滲透を任務とする出版人の責任でもあった。

一九四五年以来、私たちは再び振出しに戻り、第一歩から踏み出すことを余儀なくされた。これは大きな不幸ではあるが、反面、これまでの混沌・未熟・歪曲の中にあった我が国の文化に秩序と確たる基礎を齎らすためには絶好の機会でもある。角川書店は、このような祖国の文化的危機にあたり、微力をも顧みず再建の礎石たるべき抱負と決意とをもって出発したが、ここに創立以来の念願を果すべく角川文庫を発刊する。これまで刊行されたあらゆる全集叢書文庫類の長所と短所とを検討し、古今東西の不朽の典籍を、良心的編集のもとに、廉価に、そして書架にふさわしい美本として、多くのひとびとに提供しようとする。しかし私たちは徒らに百科全書的な知識のジレッタントを作ることを目的とせず、あくまで祖国の文化に秩序と再建への道を示し、この文庫を角川書店の栄ある事業として、今後永久に継続発展せしめ、学芸と教養との殿堂として大成せんことを期したい。多くの読書子の愛情ある忠言と支持とによって、この希望と抱負とを完遂せしめられんことを願う。

一九四九年五月三日

角川文庫ベストセラー

メゾン・ド・ポリス
退職刑事のシェアハウス
加藤実秋

メゾン・ド・ポリス2
退職刑事とエリート警視
加藤実秋

メゾン・ド・ポリス3
退職刑事とテロリスト
加藤実秋

メゾン・ド・ポリス4
殺人容疑の退職刑事
加藤実秋

メゾン・ド・ポリス5
退職刑事と迷宮入り事件
加藤実秋

新人刑事の牧野ひよりが上司の指示で訪れた先は、退職した元刑事たちが暮らすシェアハウスだった！　敏腕、科捜のプロ、現場主義に頭脳派。事件の話を聞くうち刑事魂が再燃したおじさんたちは――。

退職警官専用のシェアハウスに住むおじさんたちは、くせ者ぞろいだが捜査の腕は超一流。今度は歩道橋から転落した男性の死亡事件に首を突っ込む。困惑する新人刑事のひよりだったが、やがて意外な真相が――。

偽爆弾が設置される事件が頻発。単なるいたずらなのか？　新人刑事の牧野ひよりは、退職刑事専用のシェアハウス〈メゾン・ド・ポリス〉に住む、凄腕だけど曲者ぞろいのおじさんたちと捜査に乗り出すが……。

神社の石段下で遺体が発見された。容疑者として確保されたのはなんと、退職警官専用のシェアハウス「メゾン・ド・ポリス」に住む元刑事⁉　新人刑事の牧野ひよりとメゾンの住人は独自に捜査を進めるが……。

12年前に発生した町の人気医師殺害。現役時代の迫田痛恨の事件に新展開が。未解決事件を扱う警視庁特命班の玉置がメゾンを訪れるが、実は玉置とオーナーの伊達には因縁があり、メゾン誕生に深く関わっていた！

角川文庫ベストセラー

角川文庫ベストセラー

鳥人計画　東野圭吾

日本ジャンプ界期待のホープが殺された。ほどなく犯人は彼のコーチであることが判明。一体、彼がどうして？　一見単純に見えた殺人事件の背後に隠された、驚くべき「計画」とは!?

探偵倶楽部　東野圭吾

「我々は無駄なことはしない主義なのです」——冷静かつ迅速。そして捜査は完璧。セレブ御用達の調査機関〈探偵倶楽部〉が、不可解な難事件を鮮やかに解き明かす！　東野ミステリの隠れた傑作登場!!

さいえんす？　東野圭吾

「科学技術はミステリを変えたか？」「男と女の〝パーソナルゾーン〟の違い」「数学を勉強する理由」……元エンジニアの理系作家が語る科学に関するあれこれ。人気作家のエッセイ集が文庫オリジナルで登場！

殺人の門　東野圭吾

あいつを殺したい。奴のせいで、私の人生はいつも狂わされてきた。でも、私には殺すことができない。殺人者になるために、私には一体何が欠けているのだろうか。心の闇に潜む殺人願望を描く、衝撃の問題作！

ちゃれんじ？　東野圭吾

自らを「おっさんスノーボーダー」と称して、奮闘、転倒、歓喜など、その珍道中を自虐的に綴った爆笑エッセイ集。書き下ろし短編「おっさんスノーボーダー殺人事件」も収録。

角川文庫ベストセラー

角川文庫ベストセラー

角川文庫ベストセラー

ハーメルンの誘拐魔
刑事犬養隼人
中山七里

少女を狙った前代未聞の連続誘拐事件。身代金は合計70億円。捜査を進めるうちに、子宮頸がんワクチンにまつわる医療業界の闇が次第に明らかになっていき――。孤高の刑事が完全犯罪に挑む!

ドクター・デスの遺産
刑事犬養隼人
中山七里

死ぬ権利を与えてくれ――。安らかな死をもたらす白衣の訪問者は、聖人か、悪魔か。警視庁VS闇の医師、極限の頭脳戦が幕を開ける。安楽死の闇と向き合った警察医療ミステリ!

笑え、シャイロック
中山七里

入行三年目の結城が配属されたのは日陰部署の渉外部。しかも上司は伝説の不良債権回収屋・山賀。憂鬱な結城だったが、山賀と働くうち、彼の美学に触れ憧れを抱くように。そんな中、山賀が何者かに殺され――。

カインの傲慢（ごうまん）
刑事犬養隼人
中山七里

都内で臓器を抜き取られた死体が相次いで発見された。被害者はみな貧しい家庭で育った少年で、一人は中国からやってきたことがわかる。彼らの身にいったい何が起こったのか。孤高の刑事・犬養隼人が挑む!

ラスプーチンの庭
刑事犬養隼人
中山七里

警視庁捜査一課の犬養隼人は、長期入院から自宅療養に切り替えて病死した、娘の友人の告別式に参列する。遺体に奇妙な痣があることに気づいた犬養が捜査を進めると、謎の医療団体に行き当たり……。